尖閣海域　謎の幽霊船

UNICOON

大石英司
Ohishi Eiji

文芸社文庫

目次

プロローグ

第十一管区本部長の芝田権兵衛《しばたごんべえ》一等海上保安監は、シャワーを浴びて司令公室を出ると、船の中央にある作戦情報統制室《OIC》へと向かった。

プルトニウム運搬船護衛用に特別に設計された海保最大の巡視船である〝しきしま〟（六五〇〇トン）ではあったが、波浪六メートルという悪天候にあっては、その揺れを完全に抑え込むことはできなかった。

通信室に毛の生えたような他の巡視船のＯＩＣと違い、〝しきしま〟のそれは、護衛艦の戦闘情報統制室《CIC》にも決してひけを取らない立派な作りだった。

コンピュータを冷やすためのエアコンがほどよく効き、オペレータの報告が時折響くだけ。

芝田は、ＯＩＣに入ると、まず、プロッタの情報を覗き込み、各船の間隔が十分確保されていることを確認した。

プロッタには、〝しきしま〟を中心に、各巡視船の位置情報が書き込まれていた。

昼には大小四〇隻に及ぶ巡視船艇が集結していたが、今は時化《しけ》のため、小型巡視艇を石垣まで引き揚げさせていた。

正面の天井に吊されたモニターが、航行灯に照らされるヘリコプター着艦デッキを映している。かなり大粒の雨が、斜めから降り続いていた。

芝田は、レーダー・コンソールを覗き込むと、司令席に掛けた。船長の伊藤雅義《いとうまさよし》一等海上保安正が、インターカムを取ってどこかと話していた。受話器を置くと、「遭難者がお礼したいと言っているそうですが……」と告げた。

「誰に？」

「偉い人間なら誰でもいいと。あの歳ですから、日本語を喋《しゃべ》りたくてしかたないんでしょう。孫の容態は持ち直したそうです」

「晩飯は？」

「ドクターの話では、固形物はまだ早いので、とりあえず粥《かゆ》を出させたそうです」

「気付け薬代わりになるんなら、日台友好のために話をしないでもない。また遭難されたんじゃ敵《かな》わないからな」

〝しきしま〟搭載のスーパーピューマ・ヘリが、沈没して漂流中の台湾の小船の乗組員二名を救出したのは、五時間前のことで、その時点ですでに波浪は四メートルに達していた。

「天気はどうだ？」

「はい、気象班長の予測では、明日の朝にはいったん治まるそうです。今がピークだとか」

「そう。じゃあ、ちょっと相手をしてくるかな……」

芝田は、老人に値踏みされないよう一度化粧室に入って鏡で身だしなみを整え、医務室へと向かった。

船医の田端志郎《たばたしろう》三等海上保安正に、気付け薬のバーボンとグラスを貰《もら》うと、「おじゃましてよろしいですかな」と病室のカーテンを開けた。

老人は、ベッドに横になり、日本の週刊誌を広げていた。孫は、奥のベッドで、点滴を受けながら眠っていた。

「孫さんでいらっしゃいますかな？　私が、この船団を指揮している、まあ、一番偉い人間です。芝田と申します」

老人は、じろりと芝田を睨《にら》み、上から下へと値踏みした。

「わしが海軍にいた頃、帝国海軍だ。艦長の威厳といったら、神様以上だった。この頃の軍人は小振りになったたな……」

「われわれは軍人ではありません。言ってみれば警察官みたいなものです。孫さん――」

「その名前は好きじゃない。大陸からやってきた連中が勝手に付けたものだ。わしは、林光男《はやしみつお》という日本名が気に入っている」

戦後長いこと使わなかったにしては、随分と流ちょうな日本語だなと芝田は思った。

芝田は、パイプ椅子を開いて傍《かたわ》らに座った。

「じゃあ、林さんということで。日本語がお上手ですね？」

「ああ、戦後もずっと日本のラジオを聞いていた。特に第2放送の気象情報をな」

「お飲みになりますか？」

こっくりと頷《うなず》く老人に、芝田は氷を入れたグラスを半分ほど満たしてやった。

老人が、目を細めながら大事そうに唇を付ける。

「無茶ですよ。こんな天気に、たかだか五、六トンの船で漁に出るなんて」

「屋根付きの立派な漁船だぞ。それに、天気のことは百も承知していた。帝国海軍で鍛えたわしの腕をもってすれば、四メートル、五メートルの波はどうってことはない」

「でも沈んだじゃないですか？　お孫さんだって死にかけた」

「わしのせいじゃない。海女《あま》の嫉妬のせいだ」

「海女の嫉妬？」

「ああ。しつこい、ふいにやってくる、前触れがない、命を落とす。ていうんで、海女の嫉妬と呼ばれている。気が付いたら、船がひっくり返って海に投げ出されていた。渦巻きみたいなもんだ」

「この海域でですか？」

「ああ、時には数百トンの大型船も飲み込む。しょっちゅうは起こらんよ。若い頃は、本当に化け物になった海女がいると思っとったが、もちろん自然現象だ。海流が変わって、海が冷えた時に起こる。漁には出ない。魚も何もかも飲み込むのでな。原因はよう解っとらん。何しろ、学者とやらが容易には近づけない海域なんでな」

「漁師だってそうじゃないんですか？」

「わしらに国境線は無い。波の上に線は引けんじゃろうて……」

「遭難者として、通常の手続きのもとにご帰国頂くことになります」

「石垣辺りで、戦友と再会するぐらいの暇はあるんだろう？」

「その程度の配慮はします。どうですか、その……、向こうの感じは？」

老人は、皮肉げに唇の端を上げた。

「あんたらが他人の領土に五〇隻もの軍艦を張り付けていることかね？」

「われわれの領土です。それに、もう一度言いますが軍艦じゃない」

「大陸がぶつぶつ言う、台北の連中がぶつぶつ言う、日本人がぶつぶつ言う。わしら土地のもんにとっては、ここは俺達の領分だ。日本人のものでも、外省人のものでも、もちろん中共のものでもない。だいたい、人が生活できんのに、領土もあるまいて……」

「不自由な時代ですからな」

「漁民は興味は無い。せいぜいこの辺りで漁ができんようになって窮屈になっただけだ。利に聡い連中は、とっくに遠洋漁業に転じた後で、この辺りで漁をする奴らは、その日暮らしの平凡な漁民ばかりだ。国がどうのこうのというやっかいな問題には興味は無いさ」

芝田はため息を漏らした。

「われわれもたいへんでしてね、若い連中はほとんど休みが取れない」

「大げさな奴らだ。ほんの二、三隻浮かべていれば済むだろうに。そんなことで日本の主張が通るわけでもない」

「ま、ごゆっくりどうぞ。貴方《あなた》は幸運だった。それだけは確かです」

「あんたはやらんのかね？」

老人がグラスを上げる。

「仕事中です」

「この頃の海軍さんは小粒になったな。わしが海防艦に乗っていた頃の艦長は、真っ昼間から酒の臭いをぷんぷんさせていた」

「時代は変わったんです」

芝田は、微笑《ほほえ》みながら敬礼すると、カーテンを引いて辞した。まあ、軍人年金を遣《よこ》せと言われるよりはましかなと芝田は思った。

時化は、その夜がピークだった。夜明け時には、何もかもが嘘のように静まり返り、凪《な》いだ海面が、日の出を歓迎していた。

第一章　幽霊船

〝しきしま〟の士官公室で、朝食を摂る傍ら、通訳資格を持つ二等保安士が、台北のテレビ局の放送を、メモを取りながら翻訳していた。

昨日、花蓮港を出港した釣魚島《ちょうぎょとう》抗議船との連絡が、昨夜から取れなくなったと報じられていた。

「もう一度、管区本部へ連絡して、外務省へしかるべき連絡を取らせてくれ。この時間に至るも、われわれはいかなるSOSもキャッチしていないとな。だいたい、一〇〇トン程度の小船で、この荒波を乗り切ろうなんてどうかしているぞ。連中は沈めば沈むで、今度は、日本の海軍が見殺しにしたと喚《わめ》くんだからな」

インターカムが鳴り、航海士官がそれを取った。

「さきほどの〝くらま〟のレーダーが捕捉した船舶ですが、〝えちご〟搭載のベルが上空に接近しつつあります。軍艦だそうです――」

一〇名ほどの本部員、乗組員幹部士官全員が「軍艦」というフレーズに、一斉に腰を上げた。

「管区本部へ打電！　ものは一隻じゃないはずだ。後続に警戒せよと伝えろ。暗号でな」

　芝田は、コーヒーを一口流し込むと、船長へ続いてＯＩＣへと移動した。

「ベルの機長から、映像を送れるが？……と言ってきています」

　ＯＩＣへ入るなり当直士官が報告した。

「待て待て、台湾に近すぎる。データをキャッチされるのは拙《まず》い。ものは何なのだ？中国海軍か？」

「お話しになりますか？」

　とヘッドセットを差し出す。

「秘話回線だな？」

「はい。大丈夫です」

　芝田は、それを被《かぶ》ったまま、まずレーダー・スクリーンを一瞥した。ベル型ヘリはもとより、船団の一番外側にいる〝くらま〟の姿もそこには無かった。

　司令席に腰を下ろすと、船長がヘッドセットを被って腰を落ちつけるのを待った。

「こちらホアン930、目標の外周を飛行中。目標は、時速四ノット程度で、まっすぐ魚釣島《うおつりしま》へと向かっている模様。様子が変だ。煙を吐いている。新鋭の……、おい何だ？　あれ……」

　マイクを通して、「ラファイエットですね」という副操縦士の声が入った。

「目標は、最新鋭のラファイエット級、繰り返す、台湾海軍のラファイエット級フリゲイトであるものと思われる」

「ラファイエット?……」

「康定級とか向こうでは呼んでいるはずです。何でも、海自のフリゲイトよりある面では進んでいるとか」

伊藤船長が答えた。

「ホアン930! こちらは管区本部長の芝田だ。ものがラファイエットなら、ガスタービンのはずで、色つきの煙は出ないはずだぞ……」

「はい、え⁉……、爆発している? 本部長、観測員が双眼鏡で見ています。煙突が爆発している模様だと言っています」

「爆発? 燃えているのか?」

「……、おい、まじめに報告しろよ。管区本部長が聞いているんだぞ……、だから、そんなことがあるわけないだろう⁉」

ヘリの混乱が手に取るように解った。

「おい、誰かスーパーピューマに乗ってすぐ発進させろ」

芝田は、本部スタッフに命じた。

「こちらホアン930。操縦を副操縦士に預け、自分が双眼鏡で見ています。その……、非常に何と言いますか……、異常な状況でありまして、艦番号が読みとれます。1204です」

　誰かが、芝田の背後でジェーン海軍年鑑を捲《めく》るのが解った。

「康定級の最新鋭艦、〝安平《アンピン》〟です」

「その……、船体には錆《さび》が湧き、ヘリ着艦デッキのライフネットには、海草が絡まっています。煙突は、間違いなく爆発しています。そこから白煙が出ています。しかし炎の類は見えません。デッキに人影はありません」

「高度を下げて観察させますか？」

　船長が言った。芝田は首を振った。

「いや、何が起こっているのか解らない。危険だ」

「ホアン930、ビデオを回しているか？」

「はい。撮影中です」

「直ちに、〝しきしま〟まで帰還せよ。以上だ」

　芝田は、椅子を降りると、チャート・デスクに歩み寄った。

「何時間掛かる？」

　魚釣島までの時間のことだった。

「はい。四ノットで、まっすぐ向かってくるとして、五時間少々です。五ノットとして、四時間。間もなく、魚釣島から水平線上に見える位置に姿を現すはずです」

航海員が、すでに計算を終えて答えた。

「すると、四ノットと想定した場合、われわれが領海侵犯の警告を出せるのは、およそ三時間後ということになるな……。秘話回線で、十一管本部を呼び出せ、もし次長がまだ出勤していなければ、今朝の当直でいい。誰でもいいから出せと伝えろ」

この軍艦が、針路も速度も変えずに直進してきたものとして、尖閣の領海を侵犯する三時間後には、どうしても何らかの行動を起こさねばならなかった。

五分後には、スーパーピューマが発進して行った。その一五分後には、ホアン930のコールサインを持つベル・ヘリコプターが、デッキ上にホバリングしながら、ロープにくくりつけた8ミリ・ビデオ・テープを落として去って行った。

幹部らが、士官公室へ集まり、固唾《かたず》を飲んで、その映像を見守った。

凪いだ海面に、航跡を残しながら進む一隻の先鋭的なフォルムを持つ軍艦が映ったかと思うと、カメラはすぐズームし、驚愕すべき姿を映し出した。

「そんな馬鹿な⁉……」

その船は、海中に数年間投棄されていたかのような無惨な姿を晒《さら》していた。至る所に赤錆が湧き、突起部分には、海草が絡み付いている。煙突は破損し、その破損部分から白煙が湧き上がっていた。

それでいて、何事も無かったかのように動いていた。

「傾いている……。この角度からだと良く解らないが、右舷へ傾いている。たぶん五度近いんじゃないか。どうなってんだ、こいつ……」

「レーダーマストのレーダーは動いていないみたいですね。この煙突の爆発は興味深い。この角度から見る限り、これは内部爆発です。外からの破壊じゃない」

船長が、二〇型テレビの画面をなぞりながら言った。

「片側だけでは判断できないな。左舷側からミサイルや砲弾が入って、中で爆発したのかも知れない。ピューマを一周させて調べさせろ。高度を下げすぎないようにな。しかし、乗組員が顔を出さないのはどういうわけだ……」

「東京からです。保安庁長官が出ています」

差し出された受話器を芝田がわしづかみにする。

「芝田です長官……。ええ。動きはありません。軍艦は、明らかにまともではありません。煙突は爆発し、船体は傾いています。しかし、向かっているのは間違い有りません。デッキに人影は無く、あるいは待避した後、自動航法装置で動いているのかも知れません……。いえ、現在の所、付近に船舶はいません。単独行動の模様です……。はい、領海に入ったら警告を。それまで針路妨害行動を取ります。船体が酷《ひど》く錆付いている以外は、特に不審な点はありません。何らかの事故が発生したものと思われます」

芝田は、受話器を置きながら、「まるで幽霊船だな……」と漏らした。

康定級フリゲイト〝安平〟は、それから三時間後、寸分とコースを変えることなく日本領海を侵犯し、更に二時間後には、魚釣島の北西側岩礁に擱座《かくざ》して停船した。


台湾外交部の宋文祥長官は、テーブルに肘《ひじ》を突くと、「一時間前だ……」と呟《つぶや》いた。

「東京で、さる筋から提供を受けた」

上空を舞うヘリと、その軍艦を取り囲む巡視艇が映し出されていた。

「本当にうちの軍艦なのか？」

「艦番号1204、最新鋭の〝安平〟です。その……、少々姿形は変わっていますが」

海軍参謀長の黄正声提督が、ビデオ画面に食い入りながら答えた。

「この煙突の爆発は、この映像を見る限りでは、内部からですな」

「なんでこんな所にいる？　乗組員は何処《どこ》に行った？　なんでこんなに錆だらけなんだ」

宋長官は、矢継ぎ早に質問を発した。

「まず、ここにいるのは、試験航海のためです。どの程度日本に発見されずに釣魚島に接近できるかを訓練中でした。そのため、無線封止下で航海していました。予定では、二〇海里まで接近した後、帰路に着くはずでした。第二に、三〇分前からあらゆる周波数で交信を試みていますが、応答はありません。しかし、遭難信号の類はキャッチしていません。第三に、この錆や海草、破壊の原因に関しては、今はまったく……」

「日本政府から、まず立ち入っての乗組員の捜索に関して、どうすべきか打診が来ている」

「あそこはわれわれの領土です。基本的には、日本政府の了解を得る必要は無いと思いますが……」

「建前上はな。しかし、乗組員から返事がないとなれば、そうも言っておれんだろう。艦内に負傷者がいて、連絡が取れないのに、くだらん面子《メンツ》に拘《こだわ》って死なせたとあっては、われわれの責任問題になる。面子は後回しにして、早急に片づけよというのが、総統の命令だ」

「では、調査団を組織して、ヘリでまず海保の巡視船まで送り届けます」

「速やかにだ」

「はい。速やかに。それから、離礁に関して検討します」

「ああ、明日中には、あの軍艦をどこかへ消し去れ。何事も無かったように。もし乗組員が艦にいない場合は、日本政府にも正式に捜索を要請する。そういうことでよろしいな?」

「異存はありません。捜索隊を出してよろしいですか?」

「無論だ。大陸沿いであっても構わない。例の抗議船のこともあるからな」

二〇分後には、五名の将官を載せたS－70C対潜ヘリが基隆を飛び立っていた。遡《さかのぼ》ること三〇分前には、那覇を飛び立った海自の対潜ヘリが、〝しきしま〟に到着し、艦艇工学の専門家を乗り移らせていた。

台湾海軍監察官の肩書きを持つ史向明海軍准将を指揮官に戴くS－70Cヘリは、尖閣の領海外に留まる〝しきしま〟のデッキに着艦した。

ヘリが着艦すると、〝しきしま〟は速度を上げて魚釣島への針路を取った。ほんの二〇分で、魚釣島に着く予定だった。

芝田は、海上自衛隊の近藤宣竹《こんどうのぶたけ》一佐を紹介しながら、「まず、該当艦とのコミュニケーションに関してお伺いしたいのですが?」と、司令公室で口を開いた。

「何も《ナッシング》――」

史提督は首を振るだけだった。

「ご承知のように、あの船は配備されたばかりでした。試験航海中です。もし乗組員が艦内にいないのであれば、どこかで遭難したかも知れないが、SOSの発信は確認していない」

「一応、万一のことを考えて、ＮＢＣ防護服を用意しました。皆様の分もあります。それを着用した者がまず艦内に入り、安全を確認してから、皆様に乗り移って頂きたいと思いますが」

「カナリアも一緒に？」

「ええ、那覇から取り寄せました。何があるか解らないので」

「さほど複雑な事態では無いかも知れない。荒天の中で、機関室で何らかの事故が起こり、火災が発生、乗組員はランチを出す暇もなく海へ飛び込んだか、あるいは有毒ガスが発生して、一瞬に息絶えたか……」

「しかし、錆の理由が付かない。どうしても、最後にそれが残ります。まるでどこかで時間旅行でもしていたような……」

「乗り移ってみればはっきりするでしょう」

〝安平〟へ接近すると、全員がヘリ・デッキへと出た。

「頭がいいですな。どの船も、バルカン・ファランクスの射程外で皆待機している」

どの巡視艇も、バルカン・ファランクスの射程外から、〝安平〟を見守っていた。

唯一、たかつき型巡視艇〝のばる〟（一三〇トン）が、〝安平〟の後方五〇〇メートルほどに停泊しているだけだった。

一行は、六〇〇〇メートルまで接近したところで、芝田を残し、はやなみ型巡視艇〝しののめ〟（一一〇トン）に乗り移った。

彼らが〝安平〟へと向かう頃には、テレビカメラとカナリアの籠《かご》を持って、ぶくぶくのNBC防護服に身を包んだ沖縄県警の機動隊員と海保の乗組員が、〝のばる〟からロープを投げ、〝安平〟のヘリコプター着艦デッキに乗り移ろうとしている所だった。

尖閣問題を巡っては、台湾漁民が島に上陸した場合を想定して、機動隊員が巡視船に乗り込んでいた。偶《たま》にあることだった。

そこから先は、事実上近藤一佐が、指揮を執ることになっていた。

「このフリゲイトは、だいぶ北の方にいたようですな……」

近藤は何気なく呟いた。

「申し訳ない大佐。われわれは作戦行動に関しては聞いておらんのです。まあしかし、想像はつきますな。恐らく、自動航法装置の座標をこの島にセットしてあったんでしょう」

ラダーを掛け、隊員らが上りデッキへと消えて行く。

近藤はウォーキートーキーを取り、命令を下した。機動隊の中に、警官の制服を着た海自隊員を潜り込ませてあったのだ。

「連中はピストルとか持っているんだろうね……」

提督が小声で聞いた。

「さあ、警官は持っているかも知れませんが、あの格好で引き金に指が入るかどうか」

〝のばる〟は、艦内から返事があるまで、風上で停船して、距離を保った。四〇〇メートルほど、〝安平〟と離れていた。

一〇分ほど待ってから、カナリアの籠を下げた隊員が艦内から艦尾へ出てきて籠を振って見せた。中で、鳥が飛び跳ねていた。

続いて、隊員はマスクを外し、ウォーキートーキーを手にした。

「こちら機動隊。艦内に異臭の類は無く、エアコンも作動している模様。ただし、人影はなく、呼び掛ける声にも応答はない。無人の模様である。以上――」

近藤は、それを英訳して聞かせた。

「とにかく乗り込んでみよう。ところで、近藤大佐、海保に、離礁の可能性があるかどうかご検討願えるとありがたいのだが……」

「ああ、そうでしたな。幸い、干潮時に座礁して、機関部も停止した模様なので、次の満潮時を待って後ろから引っ張ればどうにかなるだろうとのことです」

「ありがたい。一応、曳船には港を出るよう命じてあるのだが」

〝のばる〟が勢いを付けて走り出す。

「一応、領海外までは、海保が引っ張ってくれるでしょう。われわれとしても、テレビ局が飛行機を飛ばして来る前に、退いて欲しいですから。それで、少なくともわれわれにとっては、この事故は無かったことにできる」

「そう願いたいところですが、乗組員がね……。一五〇名近い乗組員が見つからないことには、世論は下らん詮索をあれこれすることになるでしょうから」

「確かに、数が多いですな。うちでこんなことが起こったら、幕僚長も長官も辞任することになる」

〝のばる〟が〝安平〟の右舷側後部デッキの真下に接岸すると、上からラダーが降りてきた。

全員が、腰にハーネスを通し、エイト環にロープを通して固定しながら、デッキへと上った。

史提督がきびきびと命令を下す。ヘリコプター着艦デッキの脇のバルクハッチが開けられると一番若い台湾海軍の少佐が、マグライトを持って中に入っていった。

艦内通路は、赤い非常灯が点《とも》っており、中まで海水や海草が浸入した痕跡があった。しかし、海水のかなりは、下のデッキへと浸水し、それが傾斜の原因になっている様子だった。

二人の士官が、まず機関室へと向かう。

「中は人がいない点を除いては、たいして異常ありませんな。浸水はしているが、艦内に錆は出ていない」

　近藤は、礼を重んじて最後に入った。

「そのようですな。まず機関の具合をチェックさせてから、われわれは戦闘情報統制室《CIC》へ。それからライフベストの数を数えさせます」

「賢明な手です。提督」

　ペンキの臭いが鼻を突く程度で、ごく普通の新造艦だった。

　CICへ入ると、機器は全部動いていた。プロッタに、最後に記入されたであろう位置がマーキングされている。

「この情報が正しければ、事故が発生したのは夕食時らしい。何か気づいたことがありますか？　大佐」

「ええ、提督。この艦をもう五隻も揃えられたら、われわれにとって脅威になるかも知れない」

「どうですかな。日本海軍の伝統には勝てない。われわれは、先代から帝国海軍魂というのを徹底されましたからな。ブリッジへ上がってみましょう」

　彼らがブリッジへ上がる頃には、台湾海軍のメンバーは三分の一に減っていた。

「この事故が発生した時間帯は、時化もまだそれほどでは無かったはずです」

「そうですな。あの煙突の爆発をどう思いますか？」

「私は艦艇工学が専門です。疑う余地無く、内部爆発です。何かの異常燃焼か……、しかしそれにしては、その後もタービンは異常なく回り続けた。不可解としか言いようがない」

ブリッジにも、もちろん人影は無かった。しかし、海水が床を洗った痕があり、ブリッジ両舷のハッチは、両方ともロックが外れていた。

ラファイエット級は、徹底したステルス・フォルムのため、ブリッジから外側へ張り出したウイング部は無い。その代わり、艦尾へ向けて露天甲板が設けられていた。そこへのハッチのロックは両舷側とも外れていた。

「艦橋要員は、ここから慌てて逃げ出したとみていい。しかし、ライフベストは残されたままだ。ベストを着用する間も、SOSを命じる間もなかった」

「SOSは説明が付きますよ。極秘行動中であれば、艦長はSOSの発信を躊躇《ためら》うでしょう」

ブリッジの背後に、鉄兜《てつかぶと》と一緒に、ライフベストの類がきちんと収納されていた。

下から上がってきた士官が、早口で何事かを報告する。

「兵員食堂では、食べかけの皿がそのまま残されていたそうです」

「その……死体とかは？」

提督は首を振った。

チャート・デスクから、海図が一枚床に落ちて水浸しになっていた。提督がそれを真上から覗き込む。

「ＣＩＣのプロッタの情報と同じですな。異常は無い。突然乗組員だけがいなくなった。一〇〇年前なら、バミューダ・トライアングルと同じく空飛ぶ円盤のせいにされる……」

「乗組員は何名ほど？」

「一四五名乗っていました」

近藤一佐は、ブリッジの正面に立ち、艦首デッキを見下ろした。そこいら中赤錆が出ていた。

「燃えた痕がある。デッキが燃え、ペンキが熱で剝《は》げた痕に錆が出ている。でもおかしいですな。煙突回りならともかく、こんな所が燃える理由がない……」

「同感です。巨大な火炎放射器を浴びたみたいだ」

史提督は、部下に濡れた海図を拾うよう命じ、ドライアーで至急乾かして、司令公室へ持ってくるよう告げた。

それから、近藤を誘って、二人きりで、無人の司令公室へと入った。そこは、ソファから調度品に至るまで、新品のままで、まだ誰も使った形跡はなかった。

「本当に配備されたばかりだったんですね」

「ええ、この調度品は、公試運転を終え、艦隊に引き渡された後に運び込まれたはずですから、まだここで寝た人間はいないはずです。どうぞ、掛けて下さい」

史提督は、低姿勢に近藤と対した。

「いったい何が起こったと思いますか？」

「われわれ技術屋は、あまり突飛な考えは持たないものです。一つずつ疑問を解決していって結論を導く。まず、乗組員が一人もいない理由ですが、これは、艦が突然に危機に見舞われたが、脱出する時間的余裕はある程度あったことを示している。たとえば、竜巻の発生が考えられます。夜間に入ったばかりで、観測できなかった可能性がある。竜巻の船体が持ち上げられ、反動で沈み掛けた。乗組員はからくも脱出し、やがて船は持ち直した。その時のショックで、機関部の排気や吸気のパイプがずれ、煙突内部で爆発したのかも知れない」

「艦首デッキの火災跡や、この酷い赤錆の理由は？」

「竜巻は、しばしば雷を伴います。それが何回か墜ちて高圧電流による火災跡を残し、鋼板のイオン化現象を促して錆を促進させた。この説に従えば、ＳＯＳが送れなかった理由も説明が付く。一瞬、電源のコントロールが効かなくなったのでしょう」

「脱出を決断する時間はあまり無かったのでしょうな」

「ええ。たぶん、上を見ても二分かそこいらでしょう。気象データが計測されていれば、何が起こったか、ある程度解るかも知れませんが。とにかく、ブリッジ要員が、ベストを着用する間もなく、海へ飛び込む事態というのは異常です」

三〇分捜索したが、結局艦内に乗組員は一人として発見できなかった。それどころか、シャワールームからは、脱いだままの下着が発見され、ヘリコプター格納庫では、工具が放り出されたままであったりと、次々と異常事態が判明するばかりだった。

リワインドされた気象データからは、若干の温度変化と気圧変化、風向きの変化が認められた。それ自体は異常だったが、せいぜい、スコールに突っ込んだ程度の気象変化でしか無かった。

史提督は、台北の許可を得て、海図に記入された〝安平〟の最後の位置に関して、日本政府に公式に捜索依頼を行った。那覇から、海上自衛隊のＰ－３Ｃが飛び立ったのが、午後三時半のことで、日没直前に、彼らは海面を漂う遺体を発見し、陽が落ちた後で、スーパーピューマが数体の遺体回収に成功した。

どの遺体も、不燃性のライフベストを残し、炭化した状態だった。

〝安平〟と同じく康定級フリゲイト〝西寧《シーニン》〟（三五〇〇トン）は、海保船団の外周、尖閣の領海外一五海里に留まり、その遺体を受け取った。

誰もが、その身元確認すら不可能な変わり果てた姿に絶句するしか無かった。

午後八時、いったん那覇へ引き揚げた近藤一佐を防衛マイクロ回線のテレビ電話で繋《つな》ぎ、防衛庁中央指揮所地階の会議室で、外務、海保の担当者を交えての連絡会議が開かれた。

海自からは、海上幕僚長の香坂宗男《こうさかむねお》海将が、保安庁からは、保安次長の田村一正《たむらかずまさ》が、外務省からは、アジア担当審議官の沢木光太郎《さわきこうたろう》が出席していた。

三人の目の前のテーブルに埋め込まれた一〇インチのモノクロ・モニターに、近藤の顔が映し出されていた。

「死体の件は、司法解剖してみないと何とも言えないと思います。ピューマに乗り込み、遺体収容に携わった海保のドクターの話では、通常は考えられないということでしたが」

「何が？」と沢木審議官が質《ただ》した。

「つまり、死体が炭化するほど激しく燃えるのであれば、いくら耐火性能を持っていても、ライフベストなど跡形無く燃えて当然だと言うのです。しかし、ベストは表面が僅《わず》かに焦げているだけでした」

「燃焼温度が、さほど高くなかった。その代わり、長時間に亘って燃えたことが想定できる。というのが、海上火災に詳しい連中の分析です」

田村次長が答える。

「海上で長時間燃える？……水の中で？」

沢木が目をぱちくりさせながら尋ねた。

「ええ。たとえば、油の中だったらありえます。この場合、原油や石油の流出事故が前提で、今回、そのような形跡はありませんが」

「残りの連中は？」

「恐らく、ベストを着用する暇が無かったのでしょう。その後の台湾海軍のカウントで、無くなっているベストは、二〇人分に満たないことが判明しています。残りは、あの荒海に投げ出されて、いったん沈んだとみていい。明日になれば、かなりの死体がまた浮いてくるでしょう。魚の餌になっていなければ」

近藤が、メモに視線を落としながら答えた。

「尖閣から一〇隻の巡視船を割いて、捜索と回収に当たらせます」

と田村次長。

「その……、そもそもの原因は何なのだね？」

「単なる自然現象でしょう」

モニターの向こうから近藤一佐が、さも単純な出来事のように説明した。

「大型の竜巻に直撃されたか、スコールの中に突っ込んで雷に撃たれたかのいずれかだと思います。打ち所が悪くて、煙突が爆発し、慌てて避難命令を下したが、無線封止下の作戦であったために、救難信号を出せなかったか、あるいはうっかり出し忘れたか、その辺りだろうと思います。どこかで燃料が漏れて引火。それに乗組員が巻き込まれた可能性もある。いずれにせよ、さほどの事件性は無いものと判断します。台湾で、しばらく日本海軍による偽装攻撃を疑うようなニュースが流れるでしょうが、それだけのことです。台湾海軍の方は、きちんと事態を把握しており、心配は要りません」

「こんなおどろおどろしい展開を辿《たど》りながら、それで済めばいいがね。まあ、後はマスコミに漏れるのを防ぐだけだ。尖閣からの離礁はいつ頃の予定だ？」

「今夜夜半過ぎの満潮を待ち、海保の手で行います。幸い浸水箇所は小さく、そのまま引っ張って行けるでしょう。領海を出た所で、台湾海軍に引き渡し、明日の正午をもって、台湾政府が事態の推移に関して公表という手順になります。尖閣の名前はいっさい出ません。われわれは、被災現場へ近く、台湾の救難活動に全面的に協力するという声明を出します。向こうとの情報の整合性を取るために、巡視船がすでに向かっているという表現を取ります。実際には、そろそろ捜索海域に着く頃ですが」

「海自は何か手を打つのかね？」

「そうですなぁ……」

海幕長が、背中の地図を見上げた。

「台湾のメディアが飛行機を飛ばして来るでしょうから、われわれはなるべく近づかないようにします。東シナ海沖で、護衛隊群が何隻か対潜水艦訓練中でありますので、これらを那覇近くまで、無線封止で向かわせます。潜水艦も同様です。黒子に徹して、何事も無ければ、そのまま引き返します。決して、表には出ないように」

「うん。まあ、そんな所かな。明日、事態が公表されれば、ちょっとばたばたするだろうが、日本政府としては、行方不明者の捜索に全面的に協力するという態度表明だけで済ませたい。それでこの件はお開きだ」

「民間船の方がまだ見つかっていません。尖閣へ向かっていた台湾の抗議船が。こちらは四〇名ほど乗り組んでいたことが確認されており、尖閣から四〇海里エリア内で海保が捜索を行っていますが、まだ発見できません。恐らく嵐で沈没したものと思われますが」

　次長が、レーザーポインタで、その捜索エリアを示した。

「慎重にやってくれ。台湾のメディアが、日本は捜索に手を抜いていると批判することが無いようにな」

「はい。こちらは一五隻を割り当て、台湾海軍と捜索エリアの分担を行い、すでに掛かっています。夜が明けたら、浮遊物の発見ぐらいできるでしょう」

「それと、ちょっと小耳に入れておきたいことが……」

　海幕長が、皆の注目を促した。

「中国海軍に若干の動きがあります。まだ港の段階ですが、われわれが得た情報では、いくつかの艦隊の休暇が取り消され、出港準備が行われている模様です。特に訓練の情報は入っていないので、ひょっとしたら、今回の件に興味を持って、艦艇を何隻か出そうというのかも知れません。引き続き監視します」

「覗きたいなら、覗かせておくさ。別にやましい所はない。以上だ、皆さん。ご苦労でした」

沢木審議官は、特に心配している様子でも無く、会議を締めくくり席を立った。

今夜はシンガポール大使館でのパーティがあり、彼はそれを抜け出しての出席だった。

まだ、あの高級ワインが残っていればいいがと思いつつ、沢木は専用車に乗り込んだ。


台湾において大陸政策を纏《まと》める立場にある台湾行政院大陸委員会の李文良委員長は、コップにエビアンを注いで、しかめ面で胃薬を流し込んだ。

「拙いことになりそうだ……」

「大陸の方が？」

と外交部の宋文祥長官が尋ねる。

「そう。まずい情報が入っている。どうやら、潜水艦が沈んだらしい。あの海域でな」

「ありえない。深いところでも二〇〇メートルない。大陸の潜水艦の作戦行動外です」

　海軍参謀長の黄正声提督が否定した。

「ロシアから、小型潜水艦を買っただろう。あれらしい。昨日夕方、水上艦部隊と演習があるはずなのに、姿を見せなかった。北京は、〝安平〟と衝突して沈没したのではないかと思っている」

「そんなばかな……。そんな傷跡の報告はありません」

「船底なら、簡単には確認もできないだろう。問題は他にもいくらかある。その深さなら、まだ沈んだ潜水艦は無事の可能性もある。その場合は、助けにいかなきゃならん」

「日本にやってもらうしかないでしょう」

「そして、北京の報復に備えなければならない」

「衝突は無かったということを証明すればいい」

「そう簡単に運べばね。日本側に伝えた方がいいだろうな。あの辺りには潜水艦が沈んでいて、生存者がいる可能性があることを」

「どこからの情報だね？」

　宋長官が、不審げな顔で尋ねた。

「北京の、極めて高い所からです。彼らは、われわれが前科を持っていると確信している」

「何の？」

「一ヶ月前、タバコの密輸船摘発に当たっていた公安部の高速艇が、同じ海域で姿を消した。北京は、台湾によって撃沈されたものと判断している」

「初耳です。そんな事件は……」

黄提督は、まったく身に憶えのないことだった。

「べた凪《なぎ》の状態での事件で、それとなく捜索が行われたが、破片一つ発見できなかった」

「ああ、あのひと月前の、補給艦の遊弋《ゆうよく》……。捜索が目的だったんですか？」

「連中は、台湾海軍が潜水艦か何かで、狼狩りをやっていると思っているらしい。不思議だねぇ。そこまで誤解されるような関係悪化の要因は、少なくともこちら側には無いはずだが」

「三ヶ月前、うっかり拿捕《だほ》したじゃないか。領海侵犯容疑で」

宋長官が思い出して言った。

「あれはだって、明確な領海侵犯で、そのこと自体は決着したじゃないか。こちらで密輸船はきちんと取り締まるということで。それを言うなら、国旗も掲げず密輸船に化けた取締船を出している北京に責任がある」

「向こうはそう考えていないかも知れない」

「具体的にどうすればいいんですか？」

「〝安平〟が基隆に入港するまでに、香港から中共海軍の高級士官を招いて、ドックへ入った時点で外面を見せることになるだろう」

「最新鋭艦ですよ⁉」

「海軍は人だろう？　軍艦を見せるぐらい我慢してくれ。今、大陸とことを構えてもメリットは何もない」

「艦隊が出てくるようですが、連中と交錯したらどうすればいいんですか？」

「〝安平〟に生存者がいないことがはっきりした後は、下がっていい。鮫に食われた死体を持ち帰ったとしてどうなるものでもない。遺族は喚くだろうがな。速やかに収めるのが第一だ。間違いが起こらないよう頼むよ」

「自信が無くなってきた。夜が明けたら、ダイバーを〝安平〟の底に潜らせて衝突痕が無いかどうかチェックさせます」

「そうしてくれ」

「日本政府に要請するかね？　潜水艦救難母艦を出してくれと」

「そうそう。北京の上の方から情報がもたらされた理由はそれも一つにある。まだ沈没したとはっきりしたわけじゃないが、台北経由で日本に情報がもたらされることは拒否しないという話だ。第三国経由ということなら、誤報と解っても北京の面子は立つ。まだ、単なる計器故障の可能性はあるからな。それは外交部の方でよろしく頼みますよ」

「いい気分じゃないがな……」

宋長官は渋い顔だった。

「われわれの手に負えないとなると、すぐ日本を頼る。これじゃあまるで、尖閣における日本の実効支配を容認するようなものだ。いい気分はしない」

「日本に手柄話をさせなきゃいい。日本はそういう気分でもあるまい。連中は新聞に尖閣の文字が載ることを望んでいないようだから」

とはいえ、捜索で日本を頼り、救難でも日本を頼るのは、台湾人ならずとも、愉快な気持ちがするものでは無かった。

上海のホリディ・イン・クラウン・プラザのバーで、そのフランス人は、不機嫌な顔でウオッカのグラスを飲み干すと、「無かったことにすればいい……」と、英語で漏らした。

「最新鋭の潜水艦らしい。海軍としては、失った理由が欲しいんだろう」

中国人が、ジンジャエールのグラスを握ったまま答えた。

二人の姿は対照的だった。Ｔシャツ姿のフランス人は、腹が出て、赤毛のもじゃもじゃの髭《ひげ》が顎《あご》を覆い、室内というのにボロボロのキャップを被っていた。腕はこんがりと日焼けし、手首は中国人の倍はあった。

中国人の方は、背広をきちんと着こなし、髪を七三に分け、銀縁眼鏡を掛けていた。その色白い顔は、シンガポール辺りの投資家を想定させた。

「謎はあるさ……。海のことだ。しかしその程度のことで怯《ひる》むこともない。それより、あそこに余計な眼を引きつけることの方が怖い」

「なんであんな所にいたのか……」

「台湾や日本の自作自演ということは無いのか？」

「あるだろうな。いや、きっとそうに決まっている。国内世論向けにわざと事故を仕組んだんだろう。海軍もそういう見方だ」

「じゃあ迷うことはない。軍人に働かせればいい」

「投資家の協力も必要だ」

中国人はぼそっと言った。

「俺は技術屋だからな……。そういうことはさ、商工会議所辺りにいる怪しい親父にでも言ってくれ」

「ジャスティン・マローかい？　あの爺さんとはどうも肌が合わない」

「黄色い猿をバカにするからかい？　白人なんてのはみんなそうだ。俺だって例外じゃない。あんたが好きだというのと、中国人全体をどう思っているかは別だからな」

「文句は言わんさ。所詮われわれは、ただのビジネス・パートナーに過ぎない。だが、これで脚光を浴びることにでもなれば、これまでの投資が全部無駄になる。あんたの会社の取り分も減る」

「減るどころか破産だ。北京は何と言っているんだ？」

「いや、まだ状況が見えない。それだけだ。本当に沈んだのかも解らないからな。探し出してみないと。何か手を打とう。このプロジェクトに一〇年を掛けた。大陸の未来も懸かっている。失いたくはない」

「解った。俺からも、マローの爺さんに頼んでみるよ。金が要るかも知れんが」

「額次第だが、国家として協力できるものはする。北京に文句は言わせない」

中国人は、ジンジャエールを飲み干すと、カクテルを注文した。手が震えていた。党のエリート・コースを歩いてきた彼にとって、初めての障害が発生しようとしていた。機関銃をぶっ放してでも、突破するしかなかった。

第二章　シーデビル

コマンチの機長・荒川道男《あらかわみちお》三佐が、「やっちまえよ……」と漏らすと、副操縦士の水沢亜希子《みずさわあきこ》一等海上保安士が「ええい！」とマウスのボタンを押した。

　画面に入力されたページへ、数秒でジャンプする。盆栽に関するホームページだった。

　更に、マウスを握った水沢が、ページの一番下にある「このホームページの制作者に関して」というリンク・ファイルへジャンプするボタンを画面上で押した。

　ちょっと刈り上げ風の三〇代半ばの男性の顔写真と、プロフィールが載っていた。

「そんな細かい字は俺たちにゃ読めん。何て書いてあるんだい？」

　科員食堂に据え付けられたパソコン・デスクを囲む人垣の輪の中から、文句の声が挙がった。

「はいはい……。山田隆夫《やまだたかお》。三四歳。東工大卒。国家公務員。専門はロケット工学で、趣味は盆栽。出身地熊本県。現在花嫁募集中とあります」

「亜希ちゃん。その盆栽のページに帰ってくれ」

　コマンチの機付き長、松岡賢治《まつおかけんじ》曹長が告げた。

「え？　機付き長の盆栽には敵《かな》わないでしょう。年期が違うでしょうから」

「いいから。枝振りを見ればそいつの性格が解る」

亜希子は、バック・ボタンを押してページを戻った。そこから、デジタル・カメラで撮ったらしい盆栽の写真が並べられたページへとジャンプした。

「……どうですか？」

「まあ、あと五年だな……。複雑系は嫌いなようだ。単純な性格を好む。そんなところかな」

「盆栽ってのはなぁ……。いい趣味だとは思うが、どうかな副長」

荒川がにやにやしながら漏らした。

「人ごとだと思って……」

その輪の中心にいて、椅子に座る〝シーデビル〟副長の桜沢《さくらざわ》彩夏《あやか》三佐が、恨めしそうな顔で漏らした。

画面に現れた男性は、彼女のお見合い相手だった。残念ながら、見合い日前日になって、急な出港命令が出て見合い自体が延期になっていた。

「いいんじゃないの？　コスプレが趣味だとか、ロケット燃料でカクテルを作るのが得意だとかいうよりは」

「だって……。機付き長の趣味をあれこれ言うつもりはありませんが、この歳で盆栽ですよ？」

「私が初めて自分の金を出して盆栽を買ったのは、三二歳の時でした。別に早いとは思いませんがね。それに、神経をすり減らす仕事では、いい精神集中になる。はやりの言葉で、何と言ったっけ？　亜希ちゃん」

「癒しですか？」

「そうそう。それ。盆栽は現代生活では癒しになる」

「はあ……」

「いいじゃないか？　宇宙に賭けるロケット工学者。将来は旦那が宇宙飛行士になるかも知れない。なあ、みんな。これで決定だよな？」

荒川三佐がみんなを焚《た》き付けると、そこここで同意する拍手が湧いた。

「そんなに私を降ろしたいの？　クルーには優しかったつもりですが？」

「そういうわけじゃないさ。ただ、女の幸せを一度ぐらい味わってもいいだろう。あとで離婚してもいいからさ」

「まずいですよ。そういうのは禁句です。後で、あの時、あんなこと言ったからって羽目になりますから」

亜希子が小声で窘《たしな》めた。

「そうかぁ。離婚した女は職場では一回りもふたまわりも大きくなる。いいじゃないか。あらゆる結婚が成功すると約束されているわけじゃない」

「だから、そういうことを今言わなくてもいいじゃないですか。副長は真剣なんですから」

「後がないからかい？」

大笑いが起こった。

「さあお開き！　直《ちょく》で無いクルーはさっさと寝なさい。あたしがヒステリーを起こす前に」

桜沢はパソコンの電源を乱暴に落として席を立った。シーデビルは、夜食の時間を終えようとしていた。

亜希子は、桜沢に続いて自室に引き揚げた。二人は、士官専用居室をワン・ブロック占領していた。六畳の居間には衛星テレビとクロゼット、ソファ、もちろんバスルームと洗濯機は二人の専用だった。

「嫌になるわ……」

副長はソファにだらしなく制帽を投げながら呻《うめ》いた。

「良さそうな人じゃないですか？　会ってみる価値はあると思いますよ」

「盆栽よ⁉　あの歳で盆栽だなんて……。きっと研究室で何て呼ばれているか想像が付くわ。じいさん……」

「そうですか？　あたし、あのページの背景を見て、いいんじゃないかと思いましたけれど。淡い水色を基調にした、落ち着いた感じでしたよ」

「こう猫も杓子《しやくし》もホームページを公開するんじゃ、その内ホームページ性格判断なんていう商売が生まれるかもね。断るつもりだったのよ。でも叔父が、一度ぐらい俺の顔を立てろって言うから……」

　自分で、その相手のホームページを見る度胸が無く、亜希子がそのチェックを買って出たのがもとだった。

「いいじゃないですか、お見合いでも。日本の伝統なんですから」

「家だの伝統だのが嫌で、私はここまで逃げて来たんです。なのに、もっとまともな出会いがあっていいじゃないの？　貴方と脇村《わきむら》さんみたいに」

　亜希子は、婚約者であるコマンチの整備士と、このシーデビルで出会った。今、その婚約者は異動で陸に上がっていた。

「普通、結婚って平凡なんじゃありません？」

「自分で決めたいの。それだけ。親にも誰にも干渉されたくない。別に結婚しなくたって構わないんだから」

　インターカムが鳴った。ブリッジからで、艦長がそろそろ寝る時間だった。

　亜希子が取った受話器に向かい、「今行きます！」と副長が怒鳴った。

鏡に向かい、身だしなみを整える。

「はぁ……。もう若くは無いのよね……」

出るのはため息ばかりだった。

ブリッジに上がると、艦長の片瀬《かたせ》寛《ひろし》二佐は、カーテンを引いたチャート・デスクに籠もっていた。

もろもろ先進的なシステムを備えたシーデビルだが、このブリッジの構造だけは、海自の他の艦艇とそう変わるところは無かった。

「遅くなりまして。交代します」

「ああ、もうちょっと起きているよ。斗南無《となむ》君から電話が掛かってくるらしい」

「何処にいるんですか？　彼」

「香港らしいな。彼にしては珍しい。何しろ、舗装道路と水洗便所とは縁のない所ばかり行かされる男だ」

「われわれの任務に関係ありですか？」

「そうだろう。フィリピン政府関係者も香港なら抵抗が少ない。北京だと、呼び出される感じになるだろうからな」

シーデビルは、国際連合統合指令作戦機構《UNICOON》の一部隊として、フィリピンと中国が領有を争う南沙諸島のスカーボロ礁海域で哨戒活動に当たっていた。

フィリピン漁民が旗を立てたせいで、中国海軍が二隻のフリゲイト艦を派遣し、緊張が高まっていた。

ことは複雑で、フィリピンの現政権の対抗勢力が、外交上の問題を惹起せしめて現政権を追いつめようと企んだ策謀だった。漁民は金で雇われ、外国プレスのカメラマンが数名同行しての抗議活動で、北京も、今ではマニラの抗争に乗せられたことに後悔していた。

国連上級スタッフである斗南無湊《みなと》は、その調停に香港に出向いていたのだった。

　国連におけるトラブル・バスターの一人だった。

　通信室から電話が迂回されて来ると、桜沢副長はヘッドセットを付け、スキップ・シートの背後に立った。

「ちょっと待ってくれよ……」

艦長が、自分の椅子へと戻り、ヘッドセットを装着する。

「いいぞ、斗南無君」

「お待たせしました。ちょっと最終調整が遅くなりまして」

「片づいたのかい？」

「さあ、片づいたといっていいのかどうか。とにかく、いったん中国海軍は艦艇を引き揚げることで話が付きました。補給が続かない様子ですね。別の海域にも艦艇を展開させていることだし。ここいらが潮時《しおどき》だと北京は判断したんでしょう。ご苦労様でした。ここでの任務は、いったん完了です」

「港へ帰っていいということではなさそうだな？」

「ええ。尖閣へ向かって下さい。れいのニュースは届いてますか？」

「れいの？　何それ」

「台湾海軍の最新鋭のフリゲイトが、謎めいた事故を起こしまして、中国海軍の潜水艦も、同じ海域で行方不明です。事態がどう推移するのか解らないから、兵隊を出しておけというのが、ブル・メイヤの台詞です」

斗南無は、ディテールだけ、その事件を語って聞かせた。シーデビルに届いていないということは、まだ政府部内でも機密扱いなのだろう。

「食い物も燃料もスカスカで、最高速度を出すというわけにも行かない。半日で駆け付けるというわけには行かないぞ」

「どこかで補給ができるよう手配しておきます。とりあえずそこを離れて向かって下さい」

「了解した。コースを検討してから、いつ頃着けるかどうかを横須賀へ送っておくよ。補給の手はずもよろしく頼む。所で、日本政府はわれわれが向かうことを歓迎しているのかい？」

「まあ、海保を所管する運輸省はいい気分はしないでしょうが、もし、シーデビルが活躍するような事態に陥ったら、それは外務省の領分ですから、運輸省の出番は無い。予防外交と割り切りましょう」

片瀬は、それから三〇分を要して航路を出し、横須賀への通信文を作成してから自室へと引き揚げた。盗聴が難しい衛星電話も、解読が困難な暗号化電子メールもあるというのに、未だに指揮通信だけは、昔ながらの面倒で、それでいてたいして安全でもない手順を踏まなければならない。

これも役所の無駄の一つだなと、片瀬は夢うつつの中で思った。

特徴的な波浪貫通型甲板《ウエーブ・ピアサー》を持つ海上自衛隊所属の護衛艦〝ゆきかぜ〟(五〇〇〇トン)は、五〇ノットを超えるスピードと、レーダー・ステルス、ビジュアル・ステルス能力を有するが故に、「海の悪魔《シー・デビル》」として恐れられていた。

彼らを「海の悪魔」と名付けたのは、そもそも尖閣海域に出没するギャングだった。因縁めいたものを桜沢副長は感じていた。

芝田一等海上保安監は、尖閣を離礁したフリゲイト〝安平〟が、基隆から駆け付けた台湾のタグボートに引かれて領海を出る様子をレーダー上で観察していた。

結局、海保のタグボートが間に合わず、台湾のタグボートを領海内に入れての作業となった。時間を稼ぐためだったが、台湾海軍のボートではなく、民間のものだった。たった半日でタグボートが駆け付けられるほど、ここは台湾に近かった。

「とにかく、これで一安心だな……」

遭難した漁師二人も、今はそのタグボートに乗せられていた。空は薄い雲が張り、月や星は見えなかった。

きっと事態が明らかになれば、明日は一日中空を取材機が飛び回る羽目になる。

芝田は、午前三時、〝安平〟遭難時の海域捜索に当たっている部隊の状況を聞いてから自室に引き揚げた。

海保のレーダーが、中国海軍の艦艇を捕捉して起こされたのは、その二時間後のことだった。

那覇を飛び立ったP－3Cが、フリゲイト艦二隻、さらにその後方に駆逐艦二隻を確認し、事態が面倒な方向へと進み始めた。

外務省アジア担当審議官の沢木光太郎は、午前六時、自宅からアメリカ大使館の知人に電話を一本入れると、世田谷区にある、彼のつましい一戸建ての一〇倍の面積はある豪邸に専用車を寄らせて、かつての部下をピックアップした。

乗用車三台が楽に停車できる門から出てきたのは、パンタロン姿で、髪をアップにし、ノンブランドのバッグを肩から下げた女だった。

　薄い化粧の下から、やつれ顔が覗いていた。

「お早うございます。審議官」

「ああ、本来なら、お父様にご挨拶くらいしておきたい所だが……」

「父は、趣味で忙しいですわ。もう表舞台から去った人間ですし」

　外務省大臣官房付の早乙女《さおとめ》奈菜《なな》は、四代に亘る外交官の家系だった。外務省でも、三代までなら掃いて捨てるほどいたが、四代となると珍しい方で、三代前までは、やんごとなき家系ともつながりがあった。五代昔は、土佐藩で倒幕に参加したという歴史を持っていた。

　家系自慢では大蔵省など足元にも及ばない外務省にあっても、彼女は抜きん出た存在だった。

「しばらく、私の下で働いて貰う。国連関係での、君のコネクションが必要になるかも知れない。たまには気分転換もいいだろう。気にしていたんだが、もう落ち着いたかね？」

「すみません。ご心配をお掛けしまして」

「うん、男なら酒で紛らわすとかあるが、まあ仕事に没頭するのもいいだろう。尖閣が拙いことになっているらしい。話は、防衛庁に着いてからだ」

沢木は、車中ではそれだけしか話さなかった。早乙女の破談話は、省内雀の格好の餌食《えじき》となり、拒食症で倒れて、庁内から救急車で病院へ運ばれるという事件まで起こり、一週間の休暇を取らされるという事態に至っていた。

身も心もボロボロだった。

防衛庁の中央指揮所小会議室で、海上保安庁保安次長の田村一正が、タバコをはすにくわえながら頭をかいていた。女性が入ってきたのに気づいて、慌ててタバコの火を消した。幸い、見知った人間だった。

「状況は?」

「あと二時間で、海保が捜索を行っている海域に着きます」

海上幕僚長の香坂宗男が答えた。

「問題が生じる可能性は?」

沢木は、席に就きながら尋ねた。早乙女が付いてきたので、田村次長も香坂も意外な顔をした。田村は国連スタッフとして出向中に、香坂はワシントンの大使館に武官として駐在中、彼女と付き合いを持っていた。

「現状は特に。あそこは公海ですから、国際法以外のいかなる法規も適用されません。ただ、海保は下がった方が無難でしょう。もし、本当にあの海域で潜水艦が沈んでいるとしたら、ソナー探査の妨げになります。それを理由に北京から抗議が来る恐れがある」

「潜水鑑救難母艦は？」

「佐世保に入港していますが、一時間後には出港します」

「現場に台湾海軍の艦艇は？」

「すでに五隻、いずれもフリゲイトや警備艇クラスですが」

田村次長が答える。

「われわれが留まれば、バッファ・ゾーンとして、事故の発生を防止できる」

「海保がという意味ですか？」

田村は、迷惑そうな顔をした。

「率直な所、外務省に、そんな度量や度胸があるとは思えない。それだけの覚悟があるなら、尖閣や竹島で舐《な》められた真似をせずに済んだのに。われわれはご免です。そんなことを命じたら、巡視船で反乱が起こる。それでなくとも、現場には弱腰な外務省の尻拭《しりぬぐ》いをさせられているという声がある」

沢木が一瞬むっとした。

「それは解っているけどさ、そうはっきり言わんでもいいじゃないか。お互い宮仕えの身の上なんだから。国連のメナハム・メイヤから、丸く収めて見せろという命令だ」

「なら、安保理に入れてやるですか？」

「点数にはなる。世界平和への貢献は、貴族倶楽部に生じる義務だからね」

「機関銃で対艦ミサイルを持つ軍隊と渡り合うのは無理です。海上自衛隊という抑止力があるじゃないですか？　水鉄砲を腰に差して平和を説くのはご自由ですが、海保が巻き込まれるのはご免です。そもそも、そんなものは効果無い」

「ほぼ丸腰のＰＫＯは、丸腰であるが故に効果を上げている。まあ、外務省は領土問題では防衛庁にも海保にも人気がないからな。海自はいつ頃入れるんだね？」

「護衛艦部隊がという意味ですか？」

香坂が半信半疑な顔で聞いた。

「そういうことだ」

「急げば一日で。ただし、ほんの四、五隻です。一個護衛隊群を現場に投入するには、もう一日程度は必要です」

「ただちに出してくれ」

「本気ですか？」

「解った！　諸君らはいずれも外務省の言葉を信用していない。そういうことだな？」

沢木は、予期していたような諦観した顔で自分の膝を叩いた。

「〝ゆきかぜ〟一隻でどうなるものでもありませんよ。まあいざという時の隠し玉にはなりますが」

「メイヤがぶつぶつ言う。あの男にくだらん皮肉を言われることにわれわれは慣れておらんのだ」

「そりゃぁ、外務省は公家集団でしょうから……。しかし、そもそも北京や台湾が、日本の介入を望むかという問題もあります。われわれがあの海域で活動すれば、暗に日本の主権を認めることになりますから」

「その問題はあるだろう。だが、人道援助は必要だ。うまくすれば、台湾の協力も得て、こじれた台中関係の修復にも貢献できるかもしれない」

台湾の実業家による上海市当局への贈賄工作が発覚して、台湾と北京の関係はかなり悪化していた。

台湾人が大陸の法律の不備や取締当局の怠慢を攻撃すれば、北京側は、台湾人のモラルの無さや拝金主義を攻撃するという有様で、台湾の対中投資にも色濃く影を落としていた。

「艦艇は出します。いざ海保の巡視船に脅威が迫るようなことがあったら、しかるべき警告も発するよう準備もさせます。われわれとしては、いざという時、外務省が腰砕けにならないことを祈るのみです。武力解放には反対だった……、では困りますから」

「君らもメイヤみたいな皮肉を言うんだな。そんなに外務省は信頼が無いのかね……」

「何しろ、過去からの積み重ねがありますから」

田村がきっぱりと言って頷いた。

「ここにいる早乙女君は、国連機関への出向が長くて、メイヤとも話ができる人材だ。れいのＵＮＩＣＯＯＮにも知己が多い。われわれの意見を押し通すのに、有利になるだろう。彼女をシーデビルに派遣して、外務省の人身御供《ひとみごくう》とさせて貰う。それで納得してくれ」

「いいのそれで？」

香坂が早乙女に質した。

彼女の縁談を巡るニュースは、彼の元にも届いていた。

「はい。問題はありません。シーデビルのクルーなら、少しは存じ上げていますし、仲裁勢力として、有効な働きができるものと思われます」

「まったく、じゃじゃ馬お嬢さんだ……。お国のために役立っているから、ほどほどにとも言えないが……」

田村次長が呆れ顔で言った。いつもなら、外交的笑顔をもって切り返す彼女も、今はとてもそんな精神的余裕はなかった。

「では、すぐ那覇へ飛んで下さい。ヘリでシーデビルまでお連れします。われわれも一〇〇人単位のスタッフを那覇へ送り込む予定ですが、残念だが、羽田から民航機に乗った方が早い。空自に、政府専用機を出すよう要請しているんですがね、目立つからとなかなか首を縦に振ってくれませんでして」

「領土を失いたくなければ、外務省に協力してくれ」

沢木がほんの僅か頭を下げた。

「いざという時、逃げないで下さいよ。もし犠牲を払うことにでもなれば、制服のまま水兵が化けて出ますからね」

沢木は俯《うつむ》きながら頷いた。彼にしても、貧乏くじを引かされたという印象は否めなかった。

領土問題は、彼一人の判断でどうできるものでもない。日本の動脈硬化を来《きた》した官僚システムの中にあっては、我を通し、国益を追求するのは楽ではなかった。

少なくとも知らん顔をして過ごせば、自分が役人生活を過ごしている間は、それを被らずに済むのだ。

みんなそれでツケを次の世代に回してきた。もし国連の常任理事国云々という話が無ければ、彼とて知らぬ存ぜぬで押し通したい所だった。

国連の汚れ役を一手に引き受けるメナハム・メイヤのご機嫌を取って、常任理事国入りを一層プッシュせよというのが、外務省内の暗黙の了解だった。

一歩外務省を出れば、貴族倶楽部に入って何がやりたいんだと嘲笑されるだけだが、そのぶ厚い扉の前で五〇年、指をくわえさせられて来た者の惨めさは、他人に解るものでは無かった。

中国海軍の最新鋭旅湖型駆逐艦〝哈爾浜《ハルビン》〟（四二〇〇トン）のブリッジで、曹海清《チヤオ・ハイヤン》海軍少将は、司令席の横に立ち、本来彼が座るべき椅子の肘掛けに手を掛けて「壮観だな……。この全てが軍隊ではないのだというから、更に凄い」と漏らした。

その司令席に座る李志《リー・ジ》は、「全部日本ですか？」と尋ねた。

このブリッジでただ一人私服姿の李は、身を乗り出し、差し出された双眼鏡で、水平線を眺めていた。

上海市弁公室特別経済顧問の肩書きを持つ李は、今年三二歳で、ジーンズにポロシャツというラフな格好だった。

乗組員の誰もが、その偽物でない西側製のジーンズとポロシャツに羨望の眼差しを向ける一方で、礼儀を弁《わきま》えない彼の態度を軽蔑していた。

ジーンズ姿でブリッジに立つのも非常識なら、最高位の軍人のみが座ることを許される司令席に腰を降ろしてふんぞり返るのも非常識だった。

もっとも、彼の答えは明快で、ジーンズ姿で乗り込んできたのは、恋人とデート中に携帯電話で呼び出されて、そのままパトカーに拾われて海軍基地まで連れてこられたせいであり、その椅子に座ったのは、勧められたのを断るのは失礼であると判断したからだった。

そういう無礼な態度によってもたらされた乗組員の不信も、彼が会話の端々に持ち出す、市場経済に関する蘊蓄《うんちく》ある知識によって、徐々に尊敬へと変わろうとしていた。

「全部日本だな。たぶん、台湾は連中の後ろに一時的に下がったんだろう」

「で？　これからどうします？」

「５２３号の航路を、サイド・スキャン・ソナーを使いながら辿る。幸い、予定航路は解っている。そう外れていなければ、いずれは見つかるはずだが、もし５２３号が、台湾海軍の艦艇と接触していたとしたら、かなりコースを外れたとみていい。発見はそう容易では無いだろう」

「接触した可能性はあるんですか？」

「何しろ浅い海域だ。あったんだろう。理由もなく乗組員が消えるなんてことがあるものか。あんたのシェア論でうまく行くことを祈るよ」

「蛇頭といっしょですよ。社会の弱みにつけ込めばいい。日本には総会屋という、もっと巧みな集団もいますがね。われわれがこのエリアを一定期間占拠すれば、既成事実が出来る。現に日本は、韓国ともめている島に関しては、韓国側の既成事実化に為す術《すべ》が無いんですから。ちょっとずつ押して行って、気が付いたら尖閣の海域を全部占領していたということにすればいい。連中はそうなったら手は出しませんよ。日本の役人は冒険はしませんからね。国家や民族の矜持《きょうじ》とかには無縁な集団だ」

「米軍が出てきたら？」

「連中は尖閣に関わっても、何の利益も無いことを知っている。だから、日米安保は尖閣には適用されないと、堂々言えるんですよ。それに抗議しない日本も日本だが」

「このまま突っ込んでいいんですか？」

艦長の麦若《メイ・ルー》中佐が尋ねた。

「艦隊の速度を維持しつつ、敵船団の中心部へ突っ込め。本艦のみ減速し、敵船団にこの海域から立ち去るよう警告を発する。警告文は、本海域は、わが国の二〇〇海里経済専管水域内であり、大挙しての貴官らの行動は敵対行為と見なされる可能性がある――。こんな所でいいんだろう？」

提督は、李に尋ねた。

「ええ、構いません。潜水艦を捜索するためという理由を告げる必要はない。われわれの二〇〇海里経済専管水域内なのですから。それで押し通せばいい。連中は下がりますよ」

「気を付けてくれよ。李君。たかが機関銃でも、当たれば死ぬんだから」

「連中にその砲身のカバーを外すような度胸はありません」

「艦長、ブリッジを預ける。私はＣＩＣで、各艦のコースを検討する」

提督が下がると、李は肘掛けに頬杖を突いて思いを巡らせた。こういう生活も悪くないと思った。自分の命令一下、軍艦の乗組員が一斉に動く。逆らう者はいない。足手まといになる貧民層も汚職に走る官僚もいない。皆が皆自分の役割を弁えて、最も効率の良い方法で働くのだ。

残念ながら、彼が向き合っている実体経済はそうは行かなかった。汚職は日常茶飯事。貧困が増える一方、効率とは無縁な連中がほとんどだった。


第十一管区本部長の芝田は、ＯＩＣで、プロッタ上に書き込まれていく各巡視船の向きとスピードに細かく注意を払いながら、半径二〇キロほどの捜索海域の状況を把握しようと努めていた。

〝安平〟が、何らかの事故に遭遇し、多数の乗組員が海へ飛び込んだと思われる海域は、巡視船〝しきしま〟が陣取る尖閣諸島の東南海域から、一〇〇キロはゆうに離れていた。

そのせいで、〝しきしま〟のレーダーでは、様子を窺い知ることはできなかった。

「〝くにがみ〟に針路を維持し、速度を落とせと命じよ。挑発に乗ることなく、徐々に下がればいい」

腕時計を見る。捜索活動中であるという通信に対して、単に中国海軍は、二〇〇海里専管水域であることを理由に立ち去るよう返答を遣しただけだった。

それからすでに二〇分が経過していた。

海洋法もへったくれも無い。向こうがこちらの国境線を認めない以上、何を主張しても無駄な感じがした。

「外務省から返事は？」

「はあ……、十一管区本部から言ってこない以上は……」

このごたごたのために、わざわざ東京から派遣されてきた参謀役の警備救難部付きの浜井友長一等海上保安正が、煮え切らない顔で首を捻《ひね》った。

「交戦は絶対に避けよというのは、言うはたやすいがね。じゃあ、後退していいのか？という問いには、外務省は口を噤《つぐ》む。豆鉄砲を持って貧乏くじを引かされるのは、いつもわれわれだ」

浜井は、皆がいる前で、何もそんな愚痴を言わなくてもという顔だった。

「捜索海域のヘリを全部降ろさせろ。トラブルの元になる。夜明け以降、すでに四時間を捜索し、一応の結果は見た。海流に流された辺りに関しても、少なくとも生存者がいないだろうことは確認した。台湾にはこれで義理が立つ」

「しかし……。捜索活動を継続せよというのが、一応の命令です」

「公海上で軍艦が出て来て、非友好的な態度を取っているんだ。状況が変わったというしかあるまい。間違いが起こってからあたふたと責任を取らされるのはご免だ」

「解りました。台湾海軍のフリゲイトの位置から更に下がらせます」

夜明け前、台湾海軍の五隻の軍艦が捜索に当たっていたが、今は海保の背後に二隻がいるだけだった。

台湾は逃げた――。海保には、少なくともそう思えた。

一時間後、中国艦隊は、魚釣島まで五〇キロのエリアで減速し、捜索活動に取りかかった。

それ自体は、まじめな捜索であることが見て取れた。

結局、台湾政府は、最新鋭フリゲイトの奇妙な遭難に関して、昼の公表を見送った。タグボートに引かれて基隆港へと帰って来る〝安平〟の無惨な姿に、民衆が衝撃を受けることを避けるためだった。

〝安平〟がドックに入る夜まで、その公表は先延ばしされることになった。

その日本時間の午後〇時、シーデビルは、バシー海峡を三二ノットで通過した。シーデビルより二〇〇〇メートル西側を走るタンカーの乗組員が、海面に走る巨大な波紋を確認したが、ビジュアル・ステルス機能を使って姿を隠すシーデビルの姿を確認することはできなかった。

それを目撃したフィリピン人乗組員は、あえて船長に報告しようとはしなかった。海では不思議なことは山ほどある。その一つに過ぎないのだと自分を納得させた。


早乙女奈菜が、民航機で那覇へ入ると、自衛隊のライトバンが、タラップの真下で待っていた。そのまま海上自衛隊の第五航空群基地へと向かう。彼女が乗るヘリが、エプロンですでに待機していた。

航空自衛隊の那覇救難団那覇ヘリコプター空輸隊のCH－47J大型ヘリだった。

ライトバンは、エンジンを回すヘリからかなり離れた場所に停車した。

早乙女は、バッグを前屈《まえかが》みに抑え、左手で頭を抑えて暴風に耐えながら、ヘリの後部からタラップを使って乗り込んだ。

キャビン中央には、何か木枠に入った物資がいくつか固定されていた。そして、ライフベストとヘッドギアを右手に、近藤宣竹一佐が待っていた。

近藤が、短く自己紹介しながら、そのライフベストとギアを装着させた。まだ、エンジン音はさほどでも無く、普通に会話することができた。

「経過説明に、私もシーデビルに出向きます。ヘリは初めてじゃありませんね？」

「ロシア製、フランス製、戦場の上空なら、うんざりするほど飛びました」

「結構。斗南無湊という男をご存じですか？」

「ええ、昔、いろいろとお世話になりました。シーデビルに？」

彼女は、別に意外そうでも無い、その質問を予期していた顔で答えた。

斗南無は、海上自衛隊で下士官を養成する術科学校に在籍していたが、卒業直前に、校内体罰を暴いて、表面上円満除隊していた。その後アメリカへ渡り、世界を放浪して国連に拾われるという一風変わった経歴を持っていたが、もちろん、海自では、彼のことを快く思っている人間は一人もいなかった。

「いえ。香港にいます」

「貴方もあの事件の被害者で？」

その事件では、結果的にかなりの幹部が譴責《けんせき》処分を受け、出世を棒に振った。

「いやぁ、私は技術屋ですから、そういうことはあまり関係はしません。ただ、海自は狭い所ですから、いろいろと噂は入ってきます。どこぞのお嬢様外交官と浮き名を流したとか」

「事実に反する話ですわね。彼は私を受け入れませんでしたから」

近藤は、彼女がライフベストを着るのを手伝うと、簡易シートに座り、ベルトを締めた。

「私は今朝呼び出されたばかりなんですが、台湾海軍のその遭難事故は、何か特異な事件なんですか？」

早乙女は、ヘッドギアを耳に当て、腰を下ろしながら尋ねた。目の前に、コンテナの壁が立ちふさがり、視界はまったくと言っていいほど皆無だった。後部ハッチが閉じられると、南国の強烈な日差しが、丸い窓から差し込む。それでも背の高い荷物に遮られて、キャビンは暗かった。

「しばらく我慢して下さい。宮古島へレーダー部隊の補給物資を運ぶ途中なんです。荷物と化して移動する――。それが自衛隊ですから。ご質問の答えですが、ちょっと特異ですね。錆とか、乗組員が急に船を捨てて飛び込んだこと、炭化したことなど、謎と言えば謎です。しかし、案外こういう謎は、解いてみれば単純だったというものが多いんです」

「台湾海軍がずさんだったとか、そういうことは無いんですか？」

「優秀ですよ。何しろ、創設には多くの旧海軍関係者が携わり、米中復交までは、米軍が訓練した。火災が起こったぐらいのことで、逃げ出すようなことは無い。外はかなりの波だったんです。極めて異常な、彼らが予期していなかった事態が発生したとみていい」

ヘリが離陸した途端、騒音と振動が大きくなった。

シーデビルが、台湾の防空識別圏内を脱したら、シーデビル搭載のコマンチ・ヘリが、宮古島まで二人を迎えに行く手はずになっていた。

海軍参謀長の黄正声提督は、台湾外交部の宋文祥長官が差し出したAP通信のフラッシュ・ニュースのコピーを見下ろしながら、「いつの報道ですか？……」と尋ねた。

「三〇分前だ……」

台湾の、最新鋭フリゲイト艦の遭難を伝える記事で、尖閣沖で大陸側の潜水艦と衝突したらしく、一五〇名近い乗組員は、燃える艦内から荒れ狂う海の中へ次々と飛び込み、生存者は皆無であった模様と書いてあった。

「その……、そろそろ参謀本部に帰りませんと……」

蔣介石の肖像画が掲げられたその部屋で、提督は宋長官のデスクからきびすを返そうとした。こんなことを被らされるのはご免だった。

「冗談はよしてくれ」

廊下から、怒鳴り合う声が聞こえていた。記者と秘書官がもみ合っている様子だった。

「私は、釈明しなければならない。そこまで来た記者に対して。国民に対して。君がここにいたのは幸いだった」

「誰がリークしたんですか？　少なくとも海軍じゃない。私の部下は潔白ですよ」

「この全体のニュアンスからすれば明らかだ。北京だよ。何しろ、一三億の人口にとっては、潜水艦一隻の乗員の死など些末《さまつ》な問題だが、われわれにとっては違うからな。内閣が総辞職してもおかしくはない。われわれの脇腹を突こうとしたのさ、第二弾があるぞ」

「どんな?」

「台湾海軍は、潜水艦捜索に出てきた大陸の艦隊に押され、犠牲者の捜索を打ち切り逃げ出した――。そういう記事が西側のメディアから流れてくるはずだ」

「知りません。下がれと言ったのは行政府の方ですからね。私はきちんと主張しますよ。大陸の脅しを撥ね返すだけの立派な戦力を展開して捜索していたが、行政府の命により撤退したと」

「尖閣を大陸に渡すわけには行かんぞ。あんな所を大陸に乗っ取られてみろ。大陸側だけではなく、二正面作戦を強いられることになる」

「言われなくとも承知しています」

「まずい情報がある。李志が、大陸の艦隊に乗り込んでいるという情報がある」

「李志? 上海弁公室のテクノクラートですか。半年前、唯一にして明快なる解決策という論文を上海日報に寄稿した、あの李志?」

宋長官は苦り切った顔だった。ハーバード大学に彼の息子が在籍していた頃、とんでもない天才が上海からやって来たと、年に三本も電話を遣さない息子がたったそれだけを言うために国際電話を掛けてきたのが一〇年前のことだった。

挫折を知らないエリート、そもそも痛覚を持たないテクノクラートとして宋は認識していた。

彼が半年前、上海日報に寄せた論文は、いよいよ大陸が尖閣の資源に手を付ける第一歩の意志表示として受け止められていた。

「〝礼号作戦〟を準備したまえ。総統の許可は取ってある。あくまでも準備だがな」

「急ぎませんと。日本軍の護衛艦隊が南下中と聞きます。〝菊水作戦〟の可能性があるとお考えですか？」

「あるだろう。われわれの計画は大陸を刺激するだろうからな。今なら勝てる？　そうなんだろう？」

「ええ、この戦力を維持し、空軍の全面的協力が得られるなら、必ずやってのけられます。敵が応戦の準備を整える前に」

「われわれは世界の孤児になる」

「今ですらわれわれは孤児じゃないですか。この上失う物はない」

「そうだがな……」

宋長官は立ち上がり、テーブルに両手を着いて首をうなだれた。

「資源なんざ大陸にくれてやればいいんだ。その上で、日本が韓国みたいに、きちんと実効支配の意志を示せばこんなことにはならなかったのに……」

「われわれには、口が裂けても言えないことですからね」

「とにかく、〝礼号作戦〟を急げ。大陸側の出方によっては、今夜中にも決行する必要が出てくる。国民が熱し、矛先が政府へ向く前に実行する」

「了解しました。〝礼号作戦〟自体は、失敗する可能性の無い作戦ですから、問題は無いでしょう」

黄提督は、いったい誰がこんな敗北主義な作戦名を付けたのだろうと思った。

〝礼号作戦〟は、かつて日本海軍が、フィリピンのミンドロ島を再占領した米軍に対して反撃をくわえた作戦名から取られていた。

一九四四年一二月二五日という、ほとんど日本の敗北が決定した時期で、完全な敵勢力下での作戦成功ではあったが、もちろん戦局に影響を及ぼすことはなかった。

この作戦を立案した連中の悲壮感が、作戦名に表れていた。

午後三時、シコルスキー社製SH－70ヘリを特別にファンティル・タイプに改造したコマンチ・ヘリが、シーデビルを離艦し、宮古島の航空自衛隊第五三警戒群基地のヘリ・パッドに着陸した。

早乙女がキャビンに駆け込むと、以前の機付き整備員では無いことに気づいた。

コクピットを覗き込み、二人のパイロットに挨拶する。

「お久しぶりです。水沢さん、脇村さんは異動かしら？」

「ええ、今、大村にいます」

「それは残念ね。よろしくお願いします」

早乙女と近藤が席に就くと、すぐさまコマンチは離陸した。


アムール型潜水艦５２３号（一四五〇トン）のロシア人アドバイザーを務めるビクトリー・パドフ技師は、ペンライトを口にくわえて電卓を叩きながら、真っ暗闇の艦内でため息を漏らした。

彼の周囲に、灯りと呼べる物は無かった。漆黒の闇が、生き残った二〇名の乗組員を覆っていた。

七名の乗組員が、潰《つぶ》された前部区画で溺死した。

沈没して着底した瞬間、潜水艦後部の脱出トランクを開けようとしたが、衝撃のせいか、うんともすんとも言わなかった。

いずれにせよ、この深度は一〇〇メートル前後だ。公試運転中だったため、深海脱出用のスタンキー・フードと呼ばれる頭からすっぽり被るタイプの避難具は装備していなかった。

丸裸での脱出は、かなりの危険を伴った。

パドフ技師のため息を聞きつけて、艦長の高鹿野《ガオ・リュー》中佐が、「拙いのかい？」と英語で尋ねた。

「良くはないな……」

パドフ技師は、ペンライトを消しながら答えた。しばらくは、この闇の中でじっくり考えることだと思った。

酸素消費を抑えるために、全員が就寝を義務付けられていた。酸素を大量に消費する食事も無しだった。

艦長室で、高中佐はベッドに、パドフ技師は、マットレスを床に布《し》いて寝ていた。しかし、艦が左舷方向へだいぶ傾いていたので、熟睡は無理だった。浮力が残った後部もかなり上がっていたので、まっすぐ歩くのも一苦労だった。

「何だったと思う？」

中佐が、数時間置きに繰り返す質問をまた発した。パドフ技師の答えはいつも同じだった。

「だからさ、攻撃じゃない……」

「なぜそう言える。ソナーを無力化する新兵器だったかも知れない」

「理由がない。たとえ連中がわれわれを探知していたとしても、攻撃する理由がない。

中国人は、もっと合理的な考えをするんじゃなかったのか？」

「部下を失い、闇の中で死にかけているとなれば、誰彼無く恨みたくもなるさ」

「救援は来てくれる。この浅さが幸いするだろう。われわれが助かるかどうかは、技術的な問題じゃなく、北京が日本政府に救援を要請するかどうかにかかっている。そう部下に説明したのは、君じゃないか？」

「言ってはみたがね、微妙な海域だ。もしそれをやれば、北京は暗に日本政府の施政権をこの海域で容認することになる」

「党に知り合いは？」

「そんな縁故があれば、軍隊に居残るようなことはない。もちろん私は、今の仕事に誇りを持ってはいるがね」

「ならいい。軍人は誇り高く死ぬさ」

「あんたはいいのかい？」

「今のロシアじゃ、仕事があるだけでもいい。先月母親から届いた手紙には、金はいいから食い物を送ってくれとあった。せめて、設計ミスでも、戦争行為による事故でも無いと認めた文章を何かのカプセルにでも入れておくさ」

「じゃあ事故でも無ければ何なんだ……」

「事故は事故だろうがな。問題は何のアクシデントかで、海では不思議なことも起こるさ」

軽い目眩《めまい》がした。眼の焦点距離が合わずに、疲労をもたらしているせいだった。

「幸い酸素関係は無事だった。じっとしていればあと一週間は生き延びられる。こんな深度に沈んだ潜水艦を発見できないとなれば、日本にせよ台湾にせよ、海軍は無能の烙印を押されるだろう。そう心配することは無い」

「われわれがここにいることを連中が知っていればね。あのフリゲイトを追うために、予定航路を二〇海里はずれた。中国海軍の戦力の全てを投入しても、捜索がここまで伸びるのに一ヶ月は掛かる」

「そう悲観しなさんな。われわれはきっと助かる。君たちにも、少しはロシア人の忍耐を学んで欲しいな」

突然、何かの力が、船体を揺さぶった。海中が泡立つような、何か巨大な物体が付近を通過して、排水効果で船体を震わせるような、そんな感じだった。

高艦長は、真っ暗闇の中で、ボールペンを取り出し、腕時計の灯りを点して時間を確認すると、その時刻をノートに書き留めた。

「特に間隔に変化は無いな。何かこう、溜まったガスを定期的に吐き出しているような感じがする」

「あまり巨大なものが来なければいいな。船体がまた傾斜する。もしガスなら、亀裂部分の真下で発生してくれればいいのに。そうすれば浮力が付く。そんなうまいことには、もちろんならないだろうが」

「希望は大切だ。どんな時にも……」

艦長は、両手を胸の上で組むと、滑り落ちないよう姿勢を正してから、もう一度本艦の全機能の復誦作業に入った。

きっとどこかに、海面への脱出策があるはずだった。

第三章　礼号作戦

張万通《チャン・ワントン》大佐を乗せたワゴンは、運転席を除いて全ての窓が目隠しされていた。

そして、大佐は最後部座席に乗せられ、同行の外交部の書記官からひっきりなしに話しかけられていた。

余計なことに興味を抱かないように、何も察知させないようにという姑息な手口だった。

そのせいで大佐は、いつ公道から軍施設に入ったのかすら解らなかった。

基隆基地のゲートを潜る時ですら、覆面パトカーに先導されたワゴンは、一切減速しなかった。

何しろ、ここ数十年、大陸の軍人が台湾の、しかも軍事基地を訪問するなどということは無かったことだった。

「初めてストリップを見た時だって、もっとサービスが良かった……」

中立国を代表して検証に参加するイタリア海軍のジョルジュ・カリアス大佐が、うんざりした顔で漏らした。北京大使館の武官で、この地域の紛争に一切利害関係を持たないということで引っぱり出されたのだった。

ワゴンがようやくブレーキを踏んだのは、ドックの真下でだった。すでに太陽が沈んだ後で、ワゴンが完全に停止すると、外で慌ただしい動きがあった。

驚いたことに、ドックのハッチまで、天幕で通路が作られていた。ワゴンのドアにぴったりとカーテンが密着し、天井にはランプが点っていた。

「皮肉を言う気分にもなれないね……」

張大佐は、そう言うカリアス大佐とは逆に、涼しい顔だった。

ドックの中で、〝安平〟は無惨な姿を晒していた。スポットライトを浴びる船体のかなりが焼け焦げ、しかも赤錆が湧いていた。まるで一年かそこいら、野ざらしにされていたような感じだった。

史向明海軍准将が、階段を上った先のデッキと同じ高さのフロアで待ちかまえていた。

「お目に掛かれて光栄ですな大佐。貴方の艦艇工学に関する論文は欠かさず読ませて頂いてる」

「有り難うございます提督。お国が羨《うらや》ましいですな。こんな最新鋭艦を配備できて」

大佐は、その上から水面を見下ろした。だいぶ喫水が下がっていたが、船底が露出しているわけでは無かった。

「これ以上、水は抜かないのですか？」

「実は、最初は全てを見せるつもりだったのだがね、フランス政府からノーだと言ってきた。フランスでも、原型艦となったラファイエットは最新鋭艦だ。船底には、スクリュー回りやソナー回りなど、機密事項が多い。この艦に関する機密事項の解除は、フランス政府との協約に基づかねばならない。例外は認められない」

大佐は、正直に弱った顔をした。

「それでは、潜水艦との衝突は無かったとするそちらの言い分を証明することはできません。北京はあまりいい印象を持たないと思いますが……」

「本当に残念だ。私個人は、そうそう機密扱いするものでも無いと思うのだがね。もし見せたとなれば、フランスがぶつぶつ言うだろう。まあ、尖閣の海域で北京と組んで資源調査しているフランスが、北京側に有利になるようわざと嫌がらせして来たという話もあるが、いずれにせよ契約は契約だ」

「そういうことはあるかも知れませんね。自分は技術屋ですからあまり政治的なことには興味ありませんが」

史提督は、二人の客人を促して朽ちた軍艦への梯子《はしご》を渡すよう部下に命じた。

デッキ上では、夜明け前までに、ビニールシートでデッキを覆う作業が始まっていた。

真上からマスコミに覗かれないためだった。

フラッドライトの眩《まぶ》しい光が当てられるデッキ上は、錆が目立っていた。

「まるでわざわざ細工したような破壊痕ですな」

「私もそう思う。何かの意志が作用しているとしか思えない」

「乗組員は一人も？」

「ああ、一人も艦内にはいなかった。しかし、蒸発したわけではないことははっきりしている。軍警察が入り、指紋や足型を採取した。全員が、デッキから飛び込んだことが解った」

大佐は、ヘリコプター・デッキに一行を案内し、爆発した煙突部を見上げた。

「明らかに内部爆発ですね。何かの衝撃で機関部の台座がずれたということは？」

「それは無い。その部分は後で見せるが、ずれた痕跡はまったく無い。突然、何かの原因で爆発が起こったが、それは何かの衝撃によるものではないと類推できる」

「ＣＩＣは拝見できますか？」

「すまない。それも駄目だ。しかしブリッジは見せられる」

「錆の原因をどう思います？」

「火災のせいで、酸化物質が表面に浮き出た所に錆が湧いたと考えている」

「そんなに急速には無理でしょう。化学薬品の海にでも沈めない限り。死体は炭化していたそうですね？」

「もう知っているのかね。その通り。ライフベストを着用していた者たちの遺体は全て炭化していた。かなり長時間に亘って燃えたんだろう。その原因は解らない。皆目見当も付かない。所で、君の方の潜水艦は無事なのかね？」

「まったく消息は摑めてません。公試中でして、訓練も装備も万全じゃなかった。それが禍したかも知れません」

「あんな浅い海域で潜航を？」

「そのための小型潜水艦です。私は潜水艦は門外漢ですが、それができないと意味が無いと潜水艦司令部の方では言っている様子でした」

提督はかまを掛けたつもりだったが、相手は、単に不用心なのか、それともコミュニケーションに必要な情報提供だと思っているのか、あっさりと喋った。

「なるほど、そいつはいい情報だ。情報部の連中が喜ぶだろう」

「いずれにしても、いいアイディアとは思えませんな。浅い海域では、そもそも潜水艦としての行動半径が狭められる。今回の事故のようにね」

一行は、鑑識が使った粉末が随所に付着したブリッジに上がった。提督は、手袋を着用するよう求めて、それを手渡した。

「済まないが、海図の類は、鑑識が持っていった。コピーなら見せていい」

「ちょっと濡れていますね。足下が……」

「ああ、後ろのハッチがロックされていなかったからだろう。少なくとも計器に異常はなかった」

「あらゆる計器に？」

提督は、チャート・デスクに大佐を誘った。Ａ４判の海図のコピーが、つなぎ合せてあった。ろくなコピーマシーンも無く、慌ててコピーしたことが窺えた。

「すまんな。サイズの大きいコピー用紙が無かったらしい」

提督は、それを覗き込む大佐に場所を譲った。大佐は、まず海図に他の目標が記載された痕跡が無いかどうかを確認しようとしたが、コピーでは無理だ。

「他の目標がいた可能性は？……」

「おい、写真があるんだろう？」

提督が、その場の士官に質した。

「申し訳有りません。現像に今しばらく時間を下さい」

「そういうことだ大佐。一応、海図の生の写真は撮ってある。それを君に見せることはできる」

「そもそも、その海図が、本物だという証拠も無い。無意味ですな、そういう行為は。メモしてよろしいですか？」

「いいが、写真とコピーをプレゼントするよ」

「なら結構です」

大佐は今度も簡単に引き下がった。

「ああそう。気象データに若干の乱れがある。それと、後で解ったことだが、磁石関係が数分間アウトになっている」

「数分間も？　それで慣性航法装置が補正して動き続けたんですか？」

「あぁ……。かなり強力な磁場が発生したらしい。その辺りのシステムに関しては、たぶんフランスとの契約で極秘事項の一つとして含まれていると思う。磁石が常に正確だとは限らない。大佐のところでもそうだと思うが」

「解ってはいるんですがね。残念ながらどこも、そういう精密なシステムを輸出してくれない」

大佐はチャート・デスクを離れ、ブリッジの計器を一通り眺めた。

「その気象関係のデータを頂けますか？」

「もちろんだ。気象班の所見では、せいぜいスコールに突っ込んだ程度の変化だということだが。もしそちらがＦＡＸ番号でも教えるようなら、海図のコピーだけでも先に大陸へ送らせる。本艦の航路沿いに捜索を展開したいだろう？」

「ええ、そうですね。しかし、直接というのは……。せっかくですから、イタリア大使館経由ということでお願いできませんか？」

「電話番号を知った程度でどうなるものでもない。それに、情報部はその程度の番号は押さえているだろう」

「半年後、どんなアジテーション文書が、そのＦＡＸから流れてくるか解りませんからね」

基地の士官が、カリアス大佐とＦＡＸの送付に関してやり取りしている間に、大佐は正面の窓際に立ち、下のデッキを見下ろした。

ブリッジの真下は、艦対空ミサイル・シーチャパラルの発射基が据え付けられていた。いずれは、天剣Ⅱ型のＶＬＳ垂直発射ランチャーに改造されるはずだったが、本艦はまだの様子だった。

そこでも、焦げ痕の錆を隠すためのシート作業が続けられていた。青色のシートが艦首部からそっくり、船体を覆い、主砲を隠そうとしていた。

「本級のステルス効果はいかがですか？」

「いゃあ、そう変わらないよ。船乗りが、戦闘艦としての装備とフォルムに固執する限り、レーダー・ステルスなんての は夢の世界の話だ」

張大佐は、満足した様子で提督に向き直った。

「さて、提督。それで、原因をどう思いますか？」

「何かの自然現象だろうとしか言えないな」

「釣魚島抗議船の行方はどうなりました？」

「まだ解らない。この件とは関係ないだろう」

「海女の嫉妬だという噂がありますね……」

「あれは大佐、漁師の伝説だよ。たかが伝説ごときで、三〇〇〇トンを超える軍艦が沈み掛け、乗組員が一人残らず死んだり行方不明になってはたまらん」

「日本の専門家が提示した、雷説をどう思いますか？」

提督は、さすがに不快な顔をした。

「そこまで知っていることをひけらかすなんて……」

「いいじゃないですか？　あなた方が北京政府の最高意志決定機関の議事録を知っていれば誤解は生まれる余地も少ない。秘密を共有できれば意志疎通も進む」

「一つの理由にはなると思う。スコールに突っ込んで、たまたま猛烈な雷に遭遇し、それが原因で煙突が爆発、船体表面の塗料に何らかの問題があり、剝げたり焼けたりして、そこがイオン化し、急速に腐蝕が進んだ。合理的だと思うな。細部を詰めると疑問は残るが。しばらく研究して結論が出なければ、われわれもそういう結論に飛びつくことになるだろう」

「しかし、船乗りは――」

「ああ、望んで雷鳴轟《とどろ》くスコールの中に突っ込んでいく艦長はいない。ただのスコールならともかく、夜だから、雷が走っているのは解ったはずだ。避雷針があると言っても、雷雲に突っ込んでろくなことはないからな。それに、気象衛星の写真を見る限り、そんな形跡もなかった。快晴とは言わないまでも、スコールの形跡は無い」

「それに、潜水艦は、たとえ浮上航行中であっても、雷の影響はほとんど受けない」

「それは知らないな。潜水艦は専門外だし、どういう任務活動を行っていたか解らない今は、私はコメントを差し控えたい」

「もし何か解ったら、また情報を頂けますか？」

「まあ、そちらのは厳しい報告になるだろうことは覚悟しているよ」

「ええ。船底を見られるという前提で来たことを考えれば、そこは無視できませんね。たぶん、誰かが西側メディアに、台北は船底を見せることを渋ったと漏らすことでしょう」

「まあな、その程度のことは覚悟するさ」

提督は、カリアス大佐と張大佐をワゴンまで見送った。張大佐自身は、満足した表情だった。海図のコピーと写真を受け取り、別れを告げた。

「私は来年のネイビーリーグに行くつもりですが、提督もいらっしゃるのでしょう？」

「ああ、時間と予算が許せばそうするつもりだ」

「そうですか。では向こうでお会いできますな」

ネイビーリーグとは、海軍情勢と海軍兵器を巡る展示会やセミナーが開かれる海軍関係者のイベントのことで、毎年復活祭シーズンに、世界中の海軍関係者を集めてワシントンで開かれる。

「桜が綺麗な季節だ。うまいステーキ屋を紹介するよ」

「ぜひ、お世話になります」

大佐がにっこり笑うと、目隠しされたドアが閉まり、またお供の外交部の二等書記官が、早口で喋り始めた。

行きは付き合いでお喋りした張大佐だったが、帰りは寝たふりでごまかした。

まか不思議な……と、それだけが感想だった。きっと北京は、自分の報告書には納得しないことだろうと思った。

基隆から五〇キロ内陸部へ入った人里離れた廃校の教室で、台湾海軍海兵隊第二海兵大隊の顧南起《グ・ナムギ》中佐は、「何も難しいことは無い」と、子供用の椅子に腰を預ける部下に告げた。

レーザーポインタが、全紙大のモノクロ写真の一部を指す。資源探査衛星によって撮影された魚釣島の写真だった。

「知っての通り、海流が速い。そのせいで、上陸用舟艇による接近ができない。夜間ともなれば、ゴムボートの類での接近も危険だ。第一、保安庁の小型船舶によって阻止される可能性もある。われわれは、捜索海域へと向かうと見せかけたフリゲイトに乗り込み、日本側が主張する領海に接近、その後ヘリコプターで発進し、速やかに降下する。釣魚台北西部に、昔海上保安庁が設けたヘリ・パッドに主力が降下し、まず釣魚台、北、及び南小島を占拠する。北と南小島の占領班は、恐らく珊瑚礁の上に降下することになると思う。足下に気を付けろ。コマンドが、足を挫《くじ》いたからという理由で救急車を呼ぶ訳にもいかないからな。離陸から降下まで、恐らく一〇分も無い。自衛隊が戦闘機を飛ばしても間に合わないし、保安庁のヘリも、危険を冒して制止するようなまねはすまい。作戦を阻害する要素は何もない。問題は、恐らくやって来るだろう大陸の軍隊だけだ、何かありますか？　大佐」

黒板の脇のパイプ椅子に座っていた朱至立《ジュ・チリ》大佐に、締めくくりの言葉を求めた。

二年前まで、顧中佐のポストにいたが、今は台北の参謀本部で、参謀補佐の任にあった。

大佐は、おもむろに席を立ち、皆の注目を求めた。

「まず、徹底しておく。われわれがこの島々に未来永劫駐留できるという保証は何も無い。何らかの政治的決着が計られ、撤退することもあり得る。その場合のことを考えて行動せよ。島の緑を破壊するな。破壊行為の痕跡を残すな。日本人が建てた灯台には、指一本触れてはならない。従って、保安庁が二〇年前設置したヘリ・パッドはすでにボロボロだが、一切修復しないし、増設もしない。われわれはプロフェッショナルだ。感情では行動しない。命令を遵守し、事態が解決するまで耐え抜け。総統からのお言葉がある」

全員が、背筋を伸ばして緊張した。

「波のごとく敵を叩き、岩のごとく守り通せ――。以上だ」

S－70Cヘリが次々と校庭へと舞い降り、完全武装の隊員が乗り込んで行く。

朱大佐は、校庭へと、校舎の階段を降りる顧中佐の耳元で、「三日だ！」と怒鳴った。

「三日支えてくれ。その間に政治的決着が計られるだろう」

「もし三日で決着しなかったら？」

「砲弾の雨が降ってくる。もし、海保のヘリが接近するようなら、示し合わせた通りに警告を発してくれ。まず敵に撃たせることが第一だ。大陸は別だ。思い知らせて遣れ」

「帰ったら一杯奢《おご》って下さいよ」

「ああ。歴史に名を残そうなんて思うな。われわれはイスラエルと同様だ。どこからか兵隊が湧いてくるわけじゃない。兵隊の命は貴重だからな」

大佐は、部下の背中をポンと押して見送った。この礼号作戦の立案に関わった大佐は、意外と早く、そのチャンスが来たなと思っていた。

早乙女と近藤一佐を載せたコマンチ・ヘリは、八重山列島、宮古列島を迂回して、沖縄本島へと向かうシーデビルのデッキ上に着艦した。

シーデビルがそんな所にいる理由は、沖縄沖で補給を受けるためだった。

艦艇工学が専門の近藤にとっては、思い出深い船だった。彼も、一〇年前、当時不可能と言われていたこの船の設計チームに加わった一人だった。

わざわざ、片瀬艦長が近藤を出迎えに、デッキに姿を見せた。

コマンチがエンジンを止めて静かになると、近藤は乗艦許可を求めながら畏《かしこ》まる相手に「よしてくれ、艦長」と窘めた。

「艦長がいるべき場所はブリッジであってここじゃない」

「気になりましてね。その〝安平〟の話が」

「補給のスケジュールは大丈夫なのかい？」

「しょうがないんで、護衛艦のものを借り受けます」

早乙女が続いて降りる。ブリッジに上がると、桜沢が、暗がりの中で、「あら、お痩《や》せになったみたいですね……」と声を掛けた。

「ええ、まあ。いろいろありまして……」

答える方の早乙女は、目が慣れていないせいで、何も周囲の様子は解らなかった。

女が「いろいろある」と言う時には、理由は決まっている。桜沢はそれ以上聞かないことにした。

「お見合いなさるんですって？」

「やだ、亜希ちゃんが喋ったのね。決まったわけじゃないんです。ただ話があるというだけで。それも、任務を理由に逃げ出して来たんですから。難しい状況のようですね？」

「たぶんそうなるでしょう。ブル・メイヤという男は、口は悪いけれど、頭は切れる男ですからね、その彼のセンスが、何かが起こると警告しているんでしょう」

早乙女は、ここにいても仕方ないと思い——、何しろ彼女にとっては真っ暗だった。早々とそこを降りて士官公室へと移動した。

艦長と近藤が、士官公室のソファで昔話に花を咲かせていた。

「こんなオモチャは嫌だと君は言ったよな……」

「船乗りは保守的ですからね。それに、結局このタイプは主流とはならなかった」

「もう一〇年経ったらどうなるか解らないぞ。今話題のアーセナル・シップなんて、設計者の美的センスを疑うよ。船はまず、何より美しくなくてはならない」

「美しく、機能的。それが艦長としての希望ですね。早乙女さん、よろしければ、今の内にお休み下さい。水沢君がベッドメイキングした部屋がある」

「ええ。すみませんが、そうさせて貰います。こう暗くては私のような素人は海へ落ちるのが精一杯ですから」

艦長は、インターカムで格納庫を呼び出し、亜希子に、早乙女を案内するよう命じた。

早乙女が女性士官の居住区へと降りていくと、近藤は、船乗りとしての本題に入り、応接台の上に写真を載せた。

「海保のヘリから撮られたもので、〝安平〟が魚釣島に突っ込んだ直後のものだ」

一〇枚ほどのキャビネ・サイズの写真は、とても新鋭艦とは思えない、無惨な船の姿を映し出していた。片瀬は、それを一枚一枚、慎重に覗き込んだ。

「船底の下へは潜っていないんですね？」

「海流が早くてダイバーを潜らせるのは危険だったそうだ。だが、ロボット・カメラで観られる所は観た。とりわけ潜水艦と衝突したような痕跡はいっさい無かった。もしあったとすれば、海図かプロッタかに記載されていたはずだ。それをする暇もなく脱出を余儀なくされたというのは、信じがたいことだ」

「じゃあ原因は何なんです？」

「うん、まだ誰にも言ってないんだが、私はブローアウトを疑っている」

「ブローアウト？　初耳ですね。何かの気象現象ですか？」

「いや、鉱山学、海底油田の世界の話だ。掘削リグが天然ガスの層を突き破る時に起こる。猛烈なガスが噴出し、浮かんでいるプラットフォームそのものを沈没させることもある。だが、どうにも矛盾点が大きすぎる。ガスが噴出しているような異常海面は確認されていないし、錆や、乗組員が逃げ出す理由の説明にはならない」

「でも、火災の理由はそれで説明できるんじゃないですか？」

「そうなんだ。その天然ガスを、ガスタービン・エンジンの吸気口が吸い込み、ある時点で爆発した。それですんなり納得できる。だがそれだけだ。他の奇妙な現象と結びつかない」

「何処か第三の勢力が絡んでいる可能性は？」

「それはどうかな。技術屋としての見解を述べれば、その痕跡は無い。ただ、われわれも注意した方がいいだろう。もし自然現象なら、未知の現象かも知れない」

「ドンパチが始まるまでは、われわれの出番は無いでしょう」

そうで無かったことは、すぐに解ったが。

康定級フリゲイト艦〝西寧《シーニン》（三五〇〇トン）の艦長、郁飛《ユー・フェイ》は、ライフベストを着用し、鉄兜を被った状態で、ＣＩＣでプロッタ情報を睨んでいた。

展開する海上保安庁の巡視船は合計二〇隻、尖閣西方海域での捜索活動に駆り出されたせいで、数自体はいつもの半分に減っている。

中で、彼らの前進の邪魔になりそうな外洋型の巡視船は、ほんの六隻に過ぎなかった。

失敗は許されない……。それが郁飛の決意だった。〝西寧〟の姉妹艦たる〝安平〟の艦長・烏叔平《ウー・シューピン》は、士官学校での後輩で、郁飛は、彼が入学した時の指導担当生徒だった。先輩として、靴の磨き方から、女の口説き方まで、自分の人生経験の全てを奴に教えてやった。

烏は、成績という結果で、先輩の献身に応えてくれた。

その烏が、台湾海軍の最新鋭艦の艤装艦長に任じられたのは一年前のことだった。優秀さは昔のままだ。まるで自分の分身を見ているような気がしていた。

その分身が指揮する艦が、乗組員共々不可解な遭難を遂げた。

もし許されるのであれば、自らその謎を解き、できれば仇《かたき》を取ってやりたかった。

発艦準備が整った僚艦から、次々と発光信号が発せられる。全体の指揮を執る朱至立大佐が、対空レーダー・コンソールから戻ってきた。

「幸運にも、われわれが先んじた……」

「では、本艦搭載ヘリも発艦させます」

「急いでくれ。作戦通りにやり遂げたい」

五隻のフリゲイト艦を発進した合計七機のＳ－70Ｃヘリは、一気に加速しながら、海保の巡視船艇の上空を通過し、その灯火を頼りに飛び、領海線を突破、釣魚台、北、及び南小島へと向かった。

日本側には、為す術も無かった。

部隊の指揮を執る顧南起中佐は、ヘリが釣魚台北西部の旧船着き場近くのヘリ・パッド上空でホバリングに入った瞬間、ちらと海上を見遣ったが、動く気配のある巡視艇はいなかった。

側方ドアが開くと、完全武装のコマンドたちが、リペリングで降下してゆく。そのせいでキャビンが微かに動揺した。

顧中佐は、最後に飛び降りた。大地の感触をはっきりと掴むと、ヘリに向かって離脱の合図を送る。

ヘリは、両サイドの窓から垂れ下がる四本のリペリング用ロープを回収しながら、すぐさま海上へと抜けた。

〝西寧〟を発艦してから、僅か六分後のことだった。

小隊長の王晋《ワン・ジン》大尉が、見張り、無線、斥候、基地設営とてきぱきと命令を下す。

「うまくいきましたな……」

最古参兵であり、顧の良きアドバイザーでもある郭文東《グオ・ウエンドン》中尉が、兵たちの動きを裸眼でチェックしながら言った。

顧は、組み立てられたばかりの暗視望遠鏡のモニターを、操作員の背後からちらと一瞥した。

「今はな。一個中隊も空から降ってくれば、逃げまくってもせいぜい三日が限度だ」

「その程度でも、台北は助かるでしょう。大事なことは、ここにわれわれがいるという事実ですから」

「そうだな。兵には、それを徹底するとしよう。もし、われわれが退屈と闘う羽目になったら、その目的を正しく理解せねばならんだろうからな」

釣魚台を占領した主力部隊は、旧船着き場付近にセンサー類だけを残し、部隊を隠せる山側へと移動を開始した。

顧中佐にとっては、奇妙な感慨だった。彼は、両親共に、外省人として大陸から一家共々逃げてきた家系だった。

台湾は、今となっては彼の祖国だが、元々そこに住んで、日本帝国の支配下で暮らしていた本省人にとっては違った。顧一族もまた、侵略者の一員に過ぎなかった。彼はそのことで、思春期の一時期、随分と悩んだ。

ここが大陸の一部かと問われるならば、彼は、大陸や中国人の定義からまず尋ねたい気分だった。もちろん彼は、部下の前では微塵《みじん》もそういう疑問を態度に示しはしなかったが。

海上保安庁の芝田権兵衛一等海上保安監は、巡視船〝しきしま〟のＯＩＣで、プロッタ・ボードから視線を降ろした。プロッタまで情報が届き、記入が終わる頃には、もうヘリは撤収に移っていた。

巡視船の全ての砲は、誤射や、早まっての発砲を防ぐためにカバーを被せられていた。もちろん、機関部のスイッチも切られていた。たとえその意志があっても、台湾のヘリを撃墜することは不可能だった。

「やるじゃないですか……」

警備救難部付きの浜井友長一等海上保安正が、特に驚いた顔もせずに言った。

「あれが共産軍だったら、こうも行かないだろう。政治的な問題だ。ことがこういう事態に陥れば、われわれに為す術は無い」

「合計七機、上を見て一〇〇名程度ですか。魚釣島に降りた連中はともかく、岩礁に降りた連中は苦労しますよ。たいして逃げ場はないし……」

「そうなったら助けてやるさ。われわれが主権を持っているんだからな。救助という形で実績を誇示できる。向こうは嫌がるだろうが」

「もし台湾が、今は領海外に留まっている軍艦を接近させるとしたら？　われわれはすでに敵のミサイルの攻撃範囲内にいるんですよ」

「ともかく、海自が前面に出るという命令が来るまでは、敵に対して一歩も引かないぞという意志表示をすべきだ。体当たりを掛けてでも、敵艦の接近は阻止する」

「那覇からです！」

通信オペレータが声を上げた。

「自衛隊が支援部隊を上げるそうです。イーグル四機、P－3C四機、E－2C一機の支援付きで」

「さて、そいつが何処まで前進してくれるかだな」

芝田は、浜井に漏らした。

「私なら、領空外に留まらせますね。降下した部隊を制圧するという意志が無い限り、台湾を刺激するだけだ。外務省には、そんな高度な政治的な判断はできませんよ。ひと月は掛かる。そしてアメリカに仲裁を依頼して穏便に帰って貰うのが関の山でしょう」

「各船に命令、狼狽《ろうばい》して動くなと伝えよ。小型巡視艇を近づけて、降下した兵隊の人数把握に努めよ。以上だ」

芝田は、事態が自分たちの手を離れていくのを感じていた。もしこのまま、外務省が手をこまねいて海保に処理を委ねるとしたら、日本は国家としての名誉を失うことになる。

北京とてこの台湾の行為を見過ごすわけにも行かないだろう。海保の面子はさておき、犠牲を払う前に、海自に綱を渡したい所だった。


中国海軍の旅湖型駆逐艦〝哈爾浜〟（四二〇〇トン）の上級士官用個室で、上海市弁公室特別経済顧問の李志は、丁寧ながらも、容赦ない揺さぶりで熟睡から目覚めさせられた。

Tシャツのまま部屋を出ようとする李を、起こしに来た中尉が押し留めて、せめて開襟シャツをと、用意した海軍の制服を差し出した。

士官公室に顔を出すと、曹海清海軍少将が、いつもは食事に使っている長卓で、旗が立てられた海図を見下ろし「先を越されたよ」と漏らした。

その青い旗には、李も見覚えがあった。演習における敵部隊、すなわち台湾軍を示すフラッグだった。

「占領されたんですか？」

李は、あくびをかみ殺しながら尋ねた。まったく、この連中はいつ眠るんだろうかと思った。朝は彼より早く、夜だってベッドで横になった形跡は無い。

「ヘリであっという間だったよ。日本がスクランブルを掛ける余裕もなかった」

「なるほどね……」

李は、そこに立てられた旗の数を数えた。

「コーヒーを貰えないか？　ブラックの濃い奴を……。提督。学者の経済予測が当たった試しは無い。しかし株の暴落や失業率の増大等、後で検証すればきちんと説明の付くことばかりだ。その場合は学者がバカだったで済むけれど、われわれの場合、こんな軍事占領を気づかなかったで済むんですか？」

「そりゃあ、知っていた連中はどこかにいただろうな。だが、そうさせることを望んだ連中もいたということだろう」

「これはわれわれの同胞ですか？」

李は、ちょっと皮肉な質問を発した。

「どう考えたものかな……。北京が声明文を出すとしたら苦労するだろうな。何しろ、この島にいるのは、われわれの同胞であり、もし連中がこのまま居座るとしたら、いずれ台湾が還ってくれれば、われわれの利益になる。一〇年後、もし台湾返還なんてことになって、今、非難声明を出したとしたら、その人物はだいぶばつの悪い思いをするだろうな」

「しかし、北京の面子もある。共産党が倒れて北京が民主化するというのならともかく、一〇年後、二〇年後、台湾が還ってくるなんて暢気《のんき》なことを考える人間はいない。連中にみすみす尖閣の資源をくれてやるようなものだ。われわれは明日にでもそれを必要としているのに……」

「君次第だ……」

提督は、白いテーブル・クロスが掛けられた上座から李を睨んだ。

「まず、台北に対して、警告を発するべきです。せめて五星紅旗を掲げよと。それが嫌なら速やかに撤退せよと」

「連中はそんな戯《ざ》れ言《ごと》は聞かない」

「では、方法は一つです。われわれの実効支配の意志を示すために、爆撃機を派遣するなり、この艦隊でもって砲撃を加えるなりして、この兵隊共を駆逐しなさい。少なくとも、今現在、あの島を支配しているのは日本ではなく台湾ですからね。国際社会から非難されるいわれは無い」

「君の意見として艦隊司令部へ伝えるよ」

「それだけの兵力はあるんでしょう?」

「まあ、そうだな……」

提督は、微かにため息を漏らした。

「台湾からはともかく、沖縄本島から遠い。速攻で攻撃できれば、しばらく日本の相手をせずに済む。台湾は別だがね。連中が本気になれば、その空軍兵力だけでわれわれは全艦沈没だよ。実際にやるとなれば、大陸から爆撃機を飛ばした方が早い。何しろ、台湾海軍は新鋭艦ばかり出しているはずだからな」

「だいぶ話が違うんですな」

李は無敵艦隊だと聞かされていたような気がしていた。

「大衆が受けるイメージが違う。戦闘機が二、三機撃墜されるのと、軍艦が撃沈されるのとでは、人民のショックが違う。一方的に負けはせんがね。君だって死にたくは無いだろう?」

「もちろん、この船は一番後ろに控えていて貰います。指揮官は、最も安全な場所にいて、大所高所から判断を下すというのが、西側の流行の指揮思想なのでしょう?」

「そういうことだ。よほどのことが無ければ、君が死ぬことはないだろうが、何しろうちは手駒が無いのでね。後ろでのほほんと見物しているわけにもいかん」

「じゃあ、海軍による攻撃は無しです。僕の知識は――」

李は、自分の頭を人差し指で叩いた。

「ここに一つしかない。全滅した海軍は二〇年もあれば再建できるが、僕の頭脳を失えば、中国経済は五年で破綻する」

二人を囲む士官連中が、辟易《へきえき》とした表情を見せた。

「ご立派なことだ、博士。私だって、二〇年前は、自分の頭脳が無ければソヴィエトからはもとよりアメリカからもわが国は生き残れないという自負を抱いていた。プライドは、人間が前進する原動力だ。大いに結構だよ。私の歳になって同じ台詞を吐くようなら、そいつが独裁者になる前に収容所に放り込むべきだが」

失笑が漏れて、緊張した場が和《なご》んだ。海軍軍人は、最高の外交官であるという見本のような人間だなと李は思った。

残念ながら、そっちの方の才能は、彼には無かった。人間関係は、彼が最も不得手なジャンルだった。

外務省アジア担当審議官の沢木光太郎は、省内で外務事務次官と二〇分話し込んだ後、防衛庁へ向かう専用車に乗り込んだ。

深夜三時を回っていた。

いざ国家的危機に陥ると思考停止を起こす。そんな集団に三〇年も所属して、出世の階段を上ってきたことが恥ずかしかった。

中央指揮所では、海幕に加えて、空幕のスタッフも加わっていた。新たに、航空幕僚長の唐木慎空将が、発言者として海上幕僚長の隣に座っていた。

沢木は、席に就くなり「大陸の出方が解らない」と煙に巻くような話で切り出した。

「審議官、われわれが今、石垣方面へ飛ばしているE－2C早期警戒機は、大陸にせよ、台湾にせよ、戦闘機が離陸した瞬間に、それをキャッチします。あまり考える余裕はありません。ほんの三〇分も無い」

空幕長が、レーザーポインタで、尖閣諸島へと向かう編隊を、スクリーン上に指し示した。

E－2Cは足が遅いせいで、P－3Cと並んで編隊の最後尾にいた。

「それとも、これを引き返させますか？　そうすれば、われわれは不快な出来事に耳を塞《ふさ》げる」

「その必要はない。もちろん」

沢木は、外交官の虚勢で応じた。

「武力行使があれば排除する。自衛力をもってね」

「では、那覇の部隊で爆撃しろと？」

「いや、自ら手を下すのは最後の手段ということになる。もし北京が、上陸した連中を攻撃するなら、させておけばいい。われわれは後から、救援に駆け付ける。その方が、手を汚さずに済む」

「騒動になる前に収めろというのが、国連の意向なのでは？」

海上保安庁保安次長の田村一正が質した。

「現に占領を許してしまった」

「われわれの責任じゃない‼」

田村が、テーブルを叩かんばかりの勢いで抗議した。

「誰も海保を責めやせんよ。事実を言ったまでだ」

「われわれは誤射される可能性だってあるんです」

「では、現場海域を少し離れればいい」

「その隙に台湾海軍の軍艦が入って来たら？」

「海自は、あとどのくらい掛かるんだ？」

「急げと仰《おつしや》るなら、もう半日ちょっとで現場に入れます。艦隊として。佐世保の二群が集結しつつあります」

「〝ゆきかぜ〟と、空自の援護があれば大丈夫だろう。現地へ入れてくれ」

「そこを大陸の爆撃機に襲われたら？」

「高度に政治的判断を下すことになる」

「またそんなことを言う……」

香坂がうんざりした顔で応えた。

「そいつが出る頃には、艦隊は全滅。こちらの乗組員の葬式は終わっている。事前にフリーハンドなり、明確な交戦法規なり貰えない限り、われわれだってご免です。外務省には意志が無い。いつだってそうだ。しかも、それが問題だということが解っていない」

「解った。交戦法規の作成に協力し、外務大臣の判を押させる。そこには、領海内における外国勢力の武力による排除とはっきり謳うよ。それで文句は無かろう。海保の諸君は、海自が駆け付けるまで、台湾海軍の軍艦が入ってこられないよう間隔を詰めたまま、島の包囲網を拡大してくれ。さじ加減が難しいことは百も承知している。しかし日本の海保なら、その程度のことはできるはずだ。後は、巻き込まれないことを祈るのみだ。あそこにいるのが潜水艦救難母艦かね？」

沢木は、第二護衛隊群の主力部隊から離れて、石垣方面へ南下中の目標を一つ発見した。

「そうです。あれが〝ちよだ〟です。こちらの情報収集活動の結果では、中国海軍はまだ潜水艦を発見するに至っていない様子です」

「もし沈没した潜水艦が見つかれば、救難母艦が和平の切り札になる」

「あるいは標的にね」

「そうならんようにするのが私の務めだ」

誰もその台詞を信じていない様子が手に取るように解った。

「〝ゆきかぜ〟の補給を急がせてくれ。あれ一隻でもいてくれれば助かる」

「いずれにせよ、北京としては、艦艇でも使わない限りは、そう急には動けない。そうすると、優勢な台湾海軍と渡り合う羽目になって危険です。冷静な判断を下せば、しばらくは身動きがとれないでしょうが。空軍を使って攻撃するにしても、一時間後すぐにというわけにもいかない。連中が台湾軍の上陸を事前に知らされていたなら別ですが」

香坂が冷静な分析を下して言った。現実問題として、自衛隊が即応するスピード以上で、中国軍が動くことは不可能だった。

航空自衛隊及び海上自衛隊からなる編隊は、尖閣諸島の領空線上ぎりぎりに留まった。最前部に出るイーグル戦闘機とP－3C対潜哨戒機は、上陸した台湾軍を刺激しないよう、二〇キロ以内には接近しないよう命令を受けていた。

夜間だったので、どの道彼らに視認される恐れはなかったし、彼らは、イーグル戦闘機の爆音を聞くこともなかった。

台湾軍兵士は、もっぱら沖合に展開する巡視船艇に注意を払っていた。

その中のひとチーム、第二海兵大隊第二中隊第二小隊の一個分隊一二名を率いる郭文東《グオ・ウエンドン》中尉は、北小島に降下し、布陣していた。

幸いにして、波に洗われない固い地面があったが、いざという時の逃げ場は皆無だった。

更に南小島も占領していることを考えると、彼の部隊が攻撃を受けるのは、その場合になっても最後だと思われたが、ここで持ちこたえるのは辛いところだった。

日本の右翼団体が建てた真新しい灯台が、太陽電池で動いている。せめてここに上陸した記念にでも、本当はこれをぶち壊して帰りたかったが、それは厳禁されていた。

「応援は来ますかね……」

小隊の世話役の金洪泉《ジン・ホンクワン》軍曹が、その灯台の灯りを見上げながら漏らした。

規則的に海面を照らす灯台の存在はやっかいだった。夜間視力を奪うし、何より、いい的だった。

「海軍が、この辺りまで接近できれば、小隊全部を陸揚げしてくれるはずだ。それに、もう一度ヘリを飛ばすぐらいのチャンスはあるだろう」

「食料の心配をしておいた方がいいですよ。海草に貝。潜ればかなりの海産物も採れるが、人数がだいぶ多い」

「あまり日本人に見せたくないな。国家の威信を背負って出動してきたわれわれが、退屈しのぎに魚釣りに興じている姿は」

「釣りを覚えるいいチャンスだ。手ほどきしますよ」

「鉄砲でなく、釣り竿を担いで戦死するのは様《さま》にならんよ、軍曹」

「われわれは、もちろん生き残りますよ。戦争なんてそう簡単には起こらないし、そう簡単に戦死者の数の中に入ることはない。幸いにして、わが部隊はエリート部隊ですからね。怯《おび》える兵士がいないだけでも恵まれています」

中尉は、双眼鏡でもって、海上を観察した。海上保安庁の巡視船艇が、沖合へと離れて行く。一番近い巡視艇でも、すでに七〇〇〇メートルほどは離れていた。

「あれは、いよいよ帝国海軍が出てくるということかな。それとも、敵の攻撃が近いということかな……」

「私は、敵の攻撃に備えて、誤射されぬよう退却するのだと思いますね」

「そうだろうな……」

巡視船艇が離れていくと、心なしか波のざわめきが大きくなり、一抹の心細さを覚えた。

波打ち際に佇《たたず》む兵士が、何かをメモしているのが解った。

「なっとらんな……」

軍曹が声を上げようと身構えた。

「経美林《ジン・メイリン》一等兵だろう。彼は作文上手だからな。たぶん恋人への手紙だろう。大目に見てやれ。私は文才は無いが、将来彼の手紙が、われわれの活躍を伝える唯一の文書になるかも知れない」

「はあ……。そういうことでしたら。中尉殿はよろしいのですか？」

「結婚して一年にもなれば、あうんの呼吸というのも少しはある。士官の女房ともなれば、それなりにしっかりして貰わなきゃ困るからね。今回は何の連絡も無しで済ませるよ」

「結構なもんですな。私なんざ、部下と飲み歩いて朝帰りした日には、何処の女だと詰め寄られる。こんな歳でですよ」

「そりゃ羨ましい限りだ。長丁場を覚悟してリラックスして行こう、軍曹。でないと、いざという時に身体も神経も持たない。精強とは言っても、われわれは初陣なのだからな」

中尉は、カムフラージュ・ネットに覆われた天幕の中へと入った。そろそろ、最初の休憩を許可してもいい頃だろうと思った。

何と言っても、この島に留まる限りは、文字通り、彼がお山の大将なのだ。

第四章　二次遭難

午前五時、〝ゆきかぜ〟ことシーデビルは、第二護衛隊群の先鋒を務める第四七護衛隊のあさぎり型護衛艦〝やまぎり〟（三五〇〇トン）から、ハイラインによって燃料の補給を受けていた。

場所は、久米島《くめじま》に五〇キロというポイントだった。

時間を短縮するため、食料などの物資は、双方の搭載ヘリコプターによってもシーデビルに移し替えられた。

この作業によって、〝やまぎり〟は、搭載する燃料の三分の二を吐き出したが、後続の補給船から、明日以降の補給を受けられることになっていた。

シーデビルには、それまで待っている余裕がなかった。

作業が終わる頃には、両艦の喫水差は一メートル近くも出ていた。

乗組員全員が戦闘配置で持ち場に就いていた。軍艦が最も脆弱な瞬間なのだ。

「夜明けまでは動かないでしょう……」

片瀬艦長は、ブリッジ後部の遮光カーテンで仕切られたチャート・デスクの上で、尖閣諸島の海図を睨みながら近藤一佐に告げた。

「夜明けと言ってもな……。もう時間がない」

「上陸占領という所期の目的は達したわけですし、下手に突っ込んで海保の巡視船艇と衝突しても益は無い。動くとしたら、夜が明けてからでしょう。シーデビルでの介入は気乗りしませんけどね」

「どうして？」

「もし台湾海軍とことを構えることになれば、このエリアのパワーバランスを一挙に崩すことになります。海軍の再建には時間が掛かる。それは、われわれが一番よく知っていることですからね。北京の共産党政権が倒れない以上、台湾海軍の戦力は対抗兵力として貴重です」

「それを傷つけることなく収めるのがＵＮＩＣＯＯＮの役割だろう？」

「われわれは、少なくともここでは中立にはなれない。それが事態を複雑にさせる。最初からアメリカを出せば良かったんですよ」

「そういう立場の中で、事態を丸く収めてみせろというのが、国連のロータリークラブの連中の言い分なのだろうからな」

桜沢副長が、作業終了を告げた。

「ライン切った？」

「はい、切りました。後はコマンチの着艦を待つだけです」

「よし、じゃあ発光信号で、四七群司令宛に、謝意のメッセージを送ってくれ。速度第二戦速へ。夜明けには間に合わないが、三時間以内で、魚釣島に到着したい」

「了解――」

最後の物資を搭載したコマンチ・ヘリが着艦する頃には、シーデビルは、速度を三〇ノットに上げ、〝やまぎり〟との距離も二〇〇〇メートルは出ていた。

香港の日本領事館にいる斗南無から無線が入ったのは、それから二〇分後だった。

片瀬らは、CICへ降りて、ヘッドセットでその無線を受け取った。早乙女も、結局眠る暇なく、その場にいた。

ただし、彼女の希望により、彼女がシーデビルに乗り込んだことは、必要がない限り、斗南無には教えないことになっていた。

「――あと、どのくらい掛かりそうですか？」

「幸い凪《なぎ》だ。上を見ても四時間もあれば到着できる」

斗南無の質問に、片瀬が答えた。

「すみませんが、魚釣島を外して、そのまま真西へ進み、中国海軍が潜水艦を捜索しているエリアへ進んで下さい。北京と話が付きました。海自のP－3Cが、潜水艦捜索の主導権を握ります。ただし、P－3Cと救難母艦以外の接近は歓迎しないそうなので、シーデビルは、P－3Cの中継ステーションとして布陣して下さい。間もなく、捜索機が那覇を飛び立ちます」

「那覇からほんの四〇〇キロだ。中継基地なんか要らないだろう」

「万一のためです。丸裸で捜索活動をやらせるんですから。台湾海軍との間にトラブルが起こらないとも限らない」

「連中は本気で潜水艦を探して欲しいのか？」

「北京は証拠が欲しいみたいですね。その潜水艦が〝安平〟との衝突で沈んだという。まさか乗組員が生きているかどうかに、さほどの望みは持っていないでしょう」

「了解した。事故海域へ直行する。北京の様子はどうなんだ？」

「この事態が、果たして彼らにとってチャンスになるのか危機になるのか、考えあぐねている感じはしますね。いずれにせよ、香港は単なる交渉の窓口ですから、ここにいる連中が決定権を持っているわけじゃない。〝安平〟遭難の事故原因は解りそうですか？」

「もし余裕があったら、その辺りのことも調べてみるよ。今は暗中模索だ」

通信が終わると、シーデビルは、速度を五〇ノットに上げ、針路を2－8－0に取った。夜明けが、すぐそこまで迫っていた。

曹提督は、上着だけハンガーに掛けると、ブーツを脱ぎ、〝哈爾浜〟の司令公室のベッドに横になっていた。

眠ってはいなかった。ただ休息しているだけだった。

初めて士官として、軍艦に乗り込んだ時の最大の驚きは、いつ寝ているか解らない艦長の存在だった。

経験を重ねるに連れ、彼も指揮官として、少しずつ休息を取る術《すべ》を覚えた。浅い意識レベルのまま、身体を休める術も身につけた。

エンジンの鼓動がずっと耳に入ってはいたが、覚醒状態にあるとは言い難い状態だった。

副官が、短いノックでドアを叩いた。

跳ね起きながら「入れ！」と応ずる。

「何か？……」

提督は、目を覚まそうと蛍光灯のスイッチに手を伸ばした。

「〝宣賓《ユーピン》〟が行方不明です……」

副官の魯峻《ルー・ジュン》大尉は、呆然とした口調で告げた。

「行方不明？　意味が解らんな……」

提督は、ブーツに足を入れながら問い返した。

「その……、艦隊の最後尾にいたのですが、各艦のレーダー手が気づいた時には、姿を消しておりまして……」

「攻撃されたのか？」

「いいえ、そのような兆候はありません。今、〝淮南《フイナン》〟が捜索に向かっています」

提督は、ベッド脇のインターカムを掴んだ。

「こちら曹提督だ。〝淮南〟へ通信を急げ！　艦隊行動を崩すなと伝えよ。いかなる艦も、現在コースから逸脱してはならないと、各艦へ厳命せよ」

「しかし、提督……」

魯大尉が、困り果てた顔を示した。

「敵の攻撃か自然現象かはっきりしない。もしわれわれが知らない自然現象だったら、二次遭難の恐れがある。本艦はレーダー記録を採れたはずだが？」

「はい。現在首席参謀と艦長らがＣＩＣにて検証中です」

「よし、行こう。慌てることはない大尉。海はまか不思議だが、われわれの常識を超えるような出来事はそう起きるものじゃない」

ＣＩＣへ移動すると、首席参謀の黎石孫《リ・シスン》中佐が、レーダー操作員席の背後に立って、テープの操作を命じていた。

「艦隊に戦闘配置を。発光信号でな――」

提督は、まず命令を下してから、参謀の背後に立った。

「何が起こった？」

「三回です、提督。レーダーが、たった三回スイープする間に消えました。これが、消失前の〝宣賓〟です。特に不審な点はありません。ミサイルの接近の形跡はないし、今ソナーデータを洗い直していますが、魚雷が接近していたという情報もない」

黎中佐が、操作員に止めていたテープを回すよう命じた。スローモーションで、データが再生される。

〝宣賓〟は艦隊の最後尾にいて、艦隊の中心に位置する〝哈爾浜〟から一五〇〇〇メートルほど後方に位置していた。

「ここまでは、正常の大きさです。二回目、ちょっと目標が小さくなります。そして三回目、大きさとしては、掃海艇ほどの大きさにしか映っていません。そして四回目、完全に消えます……」

「そんなバカな⁉」

自分の眼で見ていることが信じられなかった。

「一つ解ったことがあります。〝宣賓〟は、ここで横転したわけでも、前後に転覆したわけでもありません。ただ沈んだ、もしくは消えた様子です。水平の状態のまま」

「僚艦が気づくまでどのくらいの時間が掛かった？」

「およそ二分です。消失から、現在七分が経過しました」

提督は、プロッタ情報に近寄った。〝宣賓〟消失ポイントが、×印で書き込まれていた。

「捜索を行いませんと……」

「二次遭難の恐れがある。それに、もしこれが〝安平〟と同じ現象に遭遇したのであれば、またどこかに現れる可能性もある。一番近いのは、〝淮南〟か……。一〇〇〇メートルまでの接近を許可する。投光器を用いて海面を捜索せよと命じよ」

「提督、ヘリの発進を許可して頂ければ……」

艦長の麦中佐が、許可を求めた。

「夜明けまでどのくらいある？」

「もう一〇分で東の水平線が明るくなるはずです」

「発進を許可する。ただし、真上は飛ぶな。命令だ。真上を飛んで良いのは、生きていると確認できる遭難者を発見した時のみだ」

「およそ一・五ノットの海流があります。遭難者がいた場合、それに流される可能性がありますが……」

「揚陸艦の〝漁亭《ユーティン》〟を配置せよ。各艦、見張りを厳にせよ。特に気象変化に気を付けよとな」

「本艦の針路は？」

「〝淮南〟の反対側へ布陣。距離、まず二〇〇〇メートルまでの接近を許可する」

「了解しました」

艦長はブリッジへのインターカムを取り、一八〇度変針と速度の二分の一増速を命じた。

五分後、Z－9A対潜ヘリが離艦し、更に五分後、最初のレポートを送ってきた。

海面に光は無く、レーダーに反応は無く、救難信号の発信も無かった。

その五分後には、江滬《ジャンウエイ》Ⅱ型フリゲイトの二番艦〝淮南〟（二二五〇トン）が、捜索海域に到達し、探照灯での捜索を開始した。

それが照らす海面を斜め上空からヘリが観察する。

曹提督は、ブリッジへ上り、左舷側ウイングへ出て双眼鏡を手に取った。すでに、東の水平線は明るくなっていたが、まだ三〇〇〇メートル離れた〝淮南〟の艦影を確認できるほどでは無かった。しかし、上空を舞うヘリのディテールは観察できた。

李志が起きて来て、「今度は何の騒ぎです?」と尋ねた。

「博士、まず救命胴衣を着た方がいい。艦隊の最後尾にいた〝宣賓〟が、一瞬にして消え失せた。三五分前のことだ」

「攻撃でも?」

「いや、その形跡は無い。突然消え失せた。誰も気づく間もなかった。一瞬の出来事だ。油が浮いてくる形跡は無いか?」

　提督は見張りに質した。

「いえ、確認できません」

　ブリッジの反対舷から、〝漁亭〟が発光信号で緊急信号を送ってきた。

「変色域を確認と言っています……。油では無く、海底の砂がわき上がっている様子だと」

「サンプルを採取しつつ、遭難者の捜索に当たれと命じよ。首席参謀、ヘリをもう一機上げ〝漁亭〟の支援に当たらせろ。意外に海流が速いな……。〝淮南〟にはアクティブ・ソナー探知を開始せよと命じよ。本艦もな。艦長、海面の状況に注意しつつ、もう少し接近しろ」

「本当に消えたんですか?……」

　李は、間抜けな声で尋ねた。

「こっちが聞きたい。本当に沈んだのかどうか?　ここに留まっているのか、それとも海中を流されているのか。ソナーに伝えよ。転覆状態であれば、生存者がいる可能性がある。船底を叩く音に注意しろと」

「ヘリより、通信。海面に、微かなあぶくが確認できるそうです」

「〝淮南〟へ命令。カッターを降ろして探索せよ。もう一度ヘリに確認させせよ。油は見えないかと」

「こんな凪で？……」

李は、水兵から双眼鏡を借りて、探照灯が照らす辺りを凝視した。

「何かとぶつかったんじゃありませんか？　たとえば沈没船とかと」

「この辺りの深度は一〇〇メートルはある。沈没船に衝突する可能性は無い。海面付近を漂っていたというのであれば別だが。そうだな……。〝漁亭〟に警告を出せ。海面付近を何かが漂流している可能性がある。注意しろと」

「乗組員は？」

「まだ一人も見つかっていない。船ごと沈んだのであれば、そしてレーダー・データ通りにあっという間に沈んだのであれば、ブリッジ要員ですらハッチを開ける暇は無かっただろう。せいぜい、ここウイングにいた見張りが何名か海に投げ出されただけだ。それでも、沈没に伴う渦巻きに巻き込まれたはずだ」

〝淮南〟のデッキに灯りが点った。カッターを降ろすための準備だ。

脇で信号灯が激しく瞬《またた》いているため、李は眩しそうにした。

「われわれは安全なんですか？」

「そうであることを祈りたいね」

「もしここで遭難したら？」

李は、救命胴衣を羽織りながら尋ねた。

「体力があれば、三日かそこいらは生きられるだろう。ただ、海流はこのまま陸地を見ることなくしばらく北上する。救援は難しいだろう。数百キロ離れた所から、捜索機を飛ばさねばならない」

「われわれがここに留まる意味はあるんですか？」

「この事件を解き明かさないことには、尖閣どころじゃない」

「爆撃機で台湾軍を叩く作戦は？」

「司令部からはまだ返答は無い。命令も無い。上には上の都合があるんだろう」

〝淮南〟のカッターが海面に降ろされ、エンジンが掛けられるのが見えた。舳先《へさき》のフラッドライトが点され、二、三度灯りが上下した。

「こちらＣＩＣ。ソナーが、海底に物体を捉えました」

首席参謀の声が、ブリッジ内スピーカーから流れてくる。

「反応の大きさからして、〝宣賓〟と思われます」

提督は、インターカムを取って、ＣＩＣの首席参謀を直接呼び出した。

「どういう状態か解るのか？」

「無理です。われわれが持っているサイド・スキャン・ソナーの性能では……。ただ、高さからして、横倒しになっているのではないかと水測員は見ていますが。どちらへ倒れたかまでは……」

「搭載ヘリに磁気探査を命じよ。それで、昔の沈没船か軍艦か、ある程度はっきりする」

朝日が水面を走り〝淮南〟のシルエットを海面に映し出した。

カッターが白波を立てて、探照灯が照らす辺りへと向かう。

「もし横倒しになっているとしても、かなり静かに着底したんだろう。船体はほとんど無傷で、油が浮かんで来ないのもそのせいだ。この深さなら、三〇分も経てば油が浮いて来てもおかしくない」

提督は、不安げな顔の李に説明した。

「じゃあ、何かとぶつかったわけではないと？」

「ぶつかった場所にもよる。それは断言できないな。横倒しになっているのなら、後でロボット・カメラを突っ込ませればいい。船底の様子が解るだろう。夕方になれば、日本の潜水艦救難母艦が駆け付けるはずだ。彼らの助けを借りられればすぐ解る」

カッターが、探照灯が照らす光の帯の中へ突っ込んで来ると、エンジンを止めた。

フラッドライトやマグライトで海面を照らす。その上空一〇〇メートルほどに、磁気探査ブームを下げた対潜ヘリが降りてきた。

「提督、ウォーキートーキーでカッターの乗組員と話せます」

魯大尉が、ウォーキートーキーを差し出した。

「何か発見したのか？」

「数ヶ所に泡を確認できるそうです」

「これで決まりだな……。引き続き溺者の捜索に当たれと命じよ」

「こちらＣＩＣ。対空レーダーに接近するものあり。一〇〇〇〇メートルの距離をおいて二機。司令部が要請した、日本の対潜哨戒機かと思われますが？　こちらの事態を伝えますか？」

提督は、またインターカムを取った。

「首席参謀。会合用周波数は聞いているのか？」

「はい。届いております」

「さて、李博士。向こうへは何と説明すればいいものかな……。まだ司令部へも知らせていない事態を」

李は、さして迷わず、経済学者としての利得勘定で結論を下した。

「まず、順番から言って司令部です。次に、日本の哨戒機へ正直に連絡する。その理由は、第一に、彼らが、われわれがここに集まっている理由を不審に思うから。第二に、沈んでいるフネを、彼らが本来探すべき潜水艦と勘違いする恐れがあるから。隠し通せるものでも無いでしょう。隠せない以上は、時間の無駄です」

「もっともだな。そのようにするとしよう。艦隊に命令。戦闘配置を解除。ただし警戒を怠るな。三隻を除いた各艦は、引き続き潜水艦523号の捜索に当たれ」

時間を追うごとに、太陽が闇を消し去って行く。

こんな静かな海面で、二〇〇〇トン近くもの軍艦が一瞬にして消え去ったなどと、とても信じられないことだった。

那覇基地を飛び立った第五航空隊に所属するP－3C対潜哨戒機は、一時間ちょっとで、海面捜索レーダーで中国艦隊を捕捉できる位置まで前進した。

第五航空隊司令の西村豊《にしむらゆたか》一佐は、この電子装備の固まりであるP－3Cの心臓部である戦術航空士席の背後の補助シートに座っていた。

張り出し窓のシャッターを微かに上げると、陽光が海面を赤く染めていた。

機体が対潜活動を行うために、高度を下げ始める。事前に、台湾海軍から〝安平〟の航路情報を貰っていたので、捜索コース自体は、すでに決まっていた。

「三隻、妙な位置にいますね……」

戦術航空士《TACCO》の浦添孝治《うらぞえこうじ》三佐が、レーダー情報を見ながら、トラック・ボールを走らせて、その情報を次々とマーキングして行った。

「向こうは英語を喋るんだろうな……」

西村は、シャッターを閉じながら漏らした。

「大丈夫です。滑らかな発音です」

通路を挟んだ反対側の航法《NAV》・通信《COM》席に座る航法通信士の高島長春《たかしまながはる》三曹が、ヘッドセットを差し出しながら応じた。

「首席参謀を名乗る中佐が呼び掛けて来ました」

「話そう――」

西村は、自分のヘルメットから延びるヘッドセットのプラグを通信士に手渡した。

「こちらは、海上自衛隊第五航空隊司令の西村一佐です。聞こえましたら応答願います?」

二度呼び掛けて、返信があった。

「こんにちは、大佐。ご面倒をお掛けします。私は、首席参謀の黎石孫中佐です。その……、申し上げにくいのですが大佐。つい数十分前、わが艦隊の一隻が、突然行方不明になりました。そちらのレーダーに、磁気探査中のヘリが映っていると思います。その真下です。現在、溺者捜索中です。まだ一人も発見できていませんが」

西村は、一瞬絶句して言葉を失った。

「……その……。すみません、中佐。通信状態が良くなくて。もう一度繰り返して頂けますか?」

西村は、自分のマイクのスイッチを切って「おい、テープは回っているだろうな?」と質した。

「もちろんです。ロストとか言ってましたね。沈没《シンク》とは言ってなかった」

「そんな馬鹿な……」

中佐の英語は、クリアで、聞き間違う余地はほとんど無かった。

「行方不明の原因は解らないのですね? 中佐」

「残念ながらまったく不明です。レーダーの情報を見る限り、ほんの数秒で沈みました。こちらの対潜ヘリが、真下に巨大な金属物体を捕捉しています。ソナー情報からも、この真下に沈んだことは間違いないのですが、原因はまったく解りません」

「了解しました。そちらは潜水艦捜索の開始を望みますか?」

「作戦に変更はありません。繰り返します。こちらの要望に変更はありません。現在、沈没した僚艦に生存者がいないかどうか探知中ですが、反応はありません。あるいは、そちらの救難母艦に、こちらへ先に来て貰うことになるかも知れません」

「了解しました。事態を司令部へ伝達します。もし了解して頂ければ、現場上空を一回フライパスしたいのですが?」

「問題ありません。しかし、潜水艦の捜索に全力を挙げて頂ければと思います」

「了解しました。幸運を祈ります、中佐。この回線は常時開けておきます。状況に変化があったら、ご連絡願います」

「もし、海面に変化があったら、教えて下さると助かります」

「もちろんです。アウト――」

西村は、プラグを引っこ抜いて「偉いこっちゃ……」と呟いた。

「基地へ暗号通信だ。状況を知らせてやれ」

「すでに、艦隊の前縁に掛かりました。もう一五〇〇〇メートルで、その捜索海域の真上へ到達します」

戦術航空士が報告する。

「コースは？」

「四度ほどずれていますね。揚陸艦がちょっと離れた所にいるのは、海流を計算してでしょう。一時間前の事態だと考えれば、流されてあの辺りになります」

「向こうに不安を与えるとまずい。まっすぐ突っ込め。二番機は、揚陸艦の上を飛ぶように。フライパスは一度だけだ。ビデオを回せ。ソノブイ以外の全てのセンサーをフル稼働させる。観測員は海を見張れ。俺は後ろの窓から観察する。機長！　捜索海域を、左翼下に見下ろすように飛んでくれ」

時速四〇〇キロでアプローチしていた。一五キロなんてあっという間だ。

西村は、ベルトを外して後部観測窓へと走った。

左翼側の張り出し窓に頭を突っ込む。真下に、中国海軍のフリゲイトが一隻見えた。機体が傾き、速度が落ちる。フラップが出てきて、四基あるエンジンの内、外側のプロペラが停止した。

Ｐ－３Ｃは、低速で観測する必要がある場合は、そういう芸当ができるのだ。

西村が窓から前方を見遣ると、二隻のフリゲイト艦に挟まれた中央に、カッターとおぼしき白い小船と、対潜ヘリが見えた。

だが、海面に変わった様子は無かった。変色域などまったく無い。ほんの一時間前に沈没事故があったのなら、そろそろ油の帯が浮いてきていい頃だった。

「こんな凪いだ海で……」

フライパスした瞬間、泡のようなものが海面に見えた。それだけだった。

「右舷方向二〇〇〇メートルほどに、かなり広範囲な変色域があります！」

右翼側の見張りが叫んだ。

「通信士、二番機にレポートを求めよ！　編隊はこれより、予定通り潜水艦の捜索に取りかかる」

西村が自分の椅子に戻ると、高島三曹が、書き殴ったメモを見せた。〝二〇〇〇メートル〟と書き殴ってあった。

「二番機から。二〇〇〇メートル四方に、海底の砂が湧き上がったような変色域があるそうです」

「捜索に就けと伝えろ。那覇に状況報告だ。全員、そのまま聞け。深度は、深いところでも二〇〇あるかないかだ。目標は海底で静止している。何も難しいことは無い。帰投前に、われわれだけで見つけてみせろ」

実際には、そううまくは行かない。沈没しているということは、まず音を出していない。ソノブイが役に立たないということであり、小型艦なら、磁気探査にも引っかかりにくい。

対潜作戦として言えば、困難な部類だった。何しろ、海底付近でじっと息を潜めている敵を発見しろというのと、同じことなのだ。

午前九時。シーデビルは、中国艦隊が展開するエリアへ四〇キロの距離まで接近した。

その途上でコマンチを発進させ、〝しきしま〟へと向かい、芝田権兵衛一等海上保安監を拾って引き返した。

芝田は、コクピット背後の補助シートに座ったままヘリの針路へと瞳を凝らしたが、まったくシーデビルを発見することは出来なかった。

「水沢君、シーデビルとこの海域とは、いろいろ縁がありそうだな……」

「はい、私にとっても、思い出深い海域です」

シーデビルが海保の依頼で初出動したのは、この第十一管区内でのことだった。

芝田が眼を凝らす先に、何やら二つの波紋が見えてきた。

「たったあれっぽちかね？」

「ええ。結局、どれだけ海面に波紋が残るかどうかは、海面部分で接する断面積によりますから。双胴船に近いシーデビルの場合、一番太い所でも、一メートルありません。これでも、ステルス軍艦としては、まだ太い方なんですが」

荒川機長が答えた。

突然、海面上に、丸に十の字を描いた着艦マークが現れた。

「あれがデッキ？　老眼のせいか、海面の上に見えるが……」

「人間の錯覚を利用しただけです。すぐ慣れますよ」

高度を三〇メートルまで下げ、一〇〇メートルまで接近して、ようやくそこにフネがいることが解った。

「良くこんなので迷子にならないね……」

「偶に針路を見失いますよ。やはり人間にはビジュアルなデータが一番ですから」

着艦して降りてくる芝田を、片瀬艦長が恭《うやうや》しく出迎える。

「東京の方はもうスタンバイしております。ＣＩＣへご案内します」

「うん。よろしく頼むよ。うちもこのフネの建造に予算を出したかと思うと鼻が高い」

「ご自由になさって下さい。海保には、そうする権利があるんですから」

「指揮権もといきたい所だがね」

片瀬は、その台詞には笑ってごまかした。

シーデビルのCICは、普通の艦艇のそれとは違い、部屋の中央に、テーブル型の大型液晶ディスプレイがあり、それを四方から見下ろすような形になっていた。

ディスプレイには、スケルトンで海図が映し出され、その上にパッシブ・レーダーから割り出した各船の位置情報が表示されていた。

「そちらの司令席へどうぞ」

艦長が、一段高くなっている席へ案内した。ショルダー式のベルトが装備してあった。

「ベルトもするのかね？」

「いえ、結構です。ただ、このフネの最高速度は、時速一二〇キロを超えますから。オン・ステーションでは、ベルトを着用します」

近藤宣竹一佐と、早乙女が入って来て、そのスクリーンを囲むようにシートに腰掛けた。

早乙女が自己紹介する。

芝田は、外務省からキャリア外交官が出てきたということより、もっぱらこのフネのシステムに興味がある様子だった。

「このスクリーンにあるブリップは、レーダー情報では無いんだね？」

「ええ。本艦はいかなる電波も出していません。まずパッシブ・レーダーの情報が優先されます。それから、TVモニター、赤外線データ。それらを統合し、コンピュータが、艦種の判別を行います。ここに船名がある海保の船舶に関しては、船首の数字をTVモニターで読みとり、自動的に判別したものです。ここにあるAの文字が、自動判別したという意味で、こちらの、Mは、マニュアルによる識別判定であることを示しています」

片瀬は、レーザーポインタの赤い光を向けた。

「凄いな……。九割が自動判別だ」

「ええ、他国の軍艦に関しても、その大きさやシルエット・データが入っていますので。単純に、人手不足を補うためです。人間が、ジェーン年鑑を開いて判別するより早くてすむ。通常の護衛艦は、一〇名に達する人間が常時ブリッジに詰めていますが、シーデビルでは、多い時でも、五名です」

「省力の研究もテーマの一つでした」

設計に携わった近藤が説明した。

「さて、東京が出た様子です。音声回線のみですが、ヘッドセットを装着して下さいませ。こちらシーデビル。十一管区本部長が到着なさいました。始めて下さって結構です」

「お早う諸君。こちらは、外務省の沢木だ。三幕の幕僚長に、保安次長もいる。まず、そちらの状況から聞きたい」

「芝田です。状況に変化はありません。台湾海軍の艦隊は、こちらの領海を侵犯する気配はなく、後続部隊を発進させる気配もありません。恐らく、自衛隊の威嚇が効いているものと思われます。また、中国軍による威嚇等もありません」

「了解した。すでに聞いていると思うが、新たな事態が発生した。海幕長より報告させる」

「お早うございます。知っての通り。かれこれ四時間前、中国海軍のフリゲイトが一隻、行方不明になりました。その時の状況は良く解っていない。レーダーがほんの数回スイープする間に消え失せたということ以外は。現在、該当する軍艦の沈没はほぼ間違いないと思われ、場所も特定されている。中国側からもたらされた情報だと、一時間前、見張りについていたと思われる兵士の溺死体を一体回収したそうだ。第五航空隊のP－3Cは、三時間前から、現場上空で、潜水艦捜索に当たっている。フリゲイトが海流に流された先で、変色域を確認しており、これも、そこにいる揚陸艦からの情報で、海底の砂や泥が巻き上げられたもののようだということ以外は解っていない。これが、フリゲイトが着底した時に発生した現象なのかどうかは解らない。現在、その変色域は、徐々に沈静化しつつある。P－3Cは、もう三時間捜索を行った後、代替機と交代する。現状はこんな所だ」

「一時間後には、P－3Cは真上にいたんでしょう？」

芝田が尋ねた。

「泡は発見したらしいが、その他の形跡はいっさいない」

「これは、〝安平〟のケースと同様だとお考えですか？」

「不明です。近藤一佐の意見が聞きたい。〝安平〟は、あの時化の中でも沈まなかったのに、どうしてこのフリゲイトは沈んだのか？　それも一瞬に」

「単純に考えれば、大きさとスピードでしょう。このフリゲイトは、一七〇〇トン余りしかないが、〝安平〟は三五〇〇トン。〝安平〟は、航海データによれば、一〇ノット超は出していたはずです。最後、魚釣島に突っ込んだ時には四ノットまで落ちていましたが、これは機関が正常に機能していなかったからです。一方フリゲイトは、潜水艦の捜索で速度を五ノット以下に落としていた。簡単に言えば、洗面器は素早くそのエリアを駆け抜けることでどうにか助かったが、コップは沈んだということです」

「何があるんだね？　そのエリアには？」

「解りません。それを解明するには、たぶん海自より海保の方が適任です。海洋調査船がいるでしょう」

「測量船の〝拓洋〟が向かっているが、何しろ足が遅い。もう一日は掛かる」

中央指揮所にいる保安次長が答えた。

「いずれにせよ、この事態が軍事的攻撃でないと中国が考えてくれたのなら幸いですが」

「そううまくいくといいんだが、沖縄の電波傍受では、大陸の基地に不穏な動きがある。攻撃機を準備している様子だ。たぶん、尖閣の部隊を叩くつもりだろう」

「本当に中国にやらせるつもりですか？」

芝田が聞いた。

「それが適当だと思っている。台湾海軍が黙って観ているとは思えないがね」

「尖閣上空で空中戦になったら、われわれはどうすればいいんですか？」

片瀬艦長が尋ねる。

「ブル・メイヤからの伝言だ。万一、台湾軍が大敗を喫するようなことでもあったら、ちょっと助けてやれということだ」

「じゃあ、外務省としては、台湾空軍のミラージュやチンクオが尖閣上空を舞うことは構わないと仰るわけですね？」

「少なくとも、君の上司は了解してくれたものと確信している」

「自衛隊は文民統制が基本ですからね」

海上幕僚長の香坂が、不承不承という口調で答えた。

「ただし、これ以上の兵力を上陸させるようなら、自衛隊をもって排除する。台湾側に、その意志ははっきりと伝えてあるし、この上陸作戦が一時的なものだという言質《げんち》は台北から取ってある」

「いつもながらのことですね。メイヤといい、外務省といい」

「その程度にしといてやれ。いずこも現場は辛いものさ……」

香坂が、精一杯の皮肉で応ずる片瀬艦長を窘めた。

「ところで、その海域にいる以上、君らも同様のミステリーに遭遇する可能性があるわけだが、近藤一佐、これは夜間に限った現象なのかね？」

「たった二度の現象ではなんとも結論は下せません。しかし、もしこれが〝海女の嫉妬〟と呼ばれているものと同様の現象なら、深夜から明け方に掛けて集中する現象かも知れません。海女の嫉妬が、昼間起こったという事例は無いそうですから。しかし、もちろん用心はして貰います」

「可能な術を尽くしてくれ。シーデビルを失うわけにはいかん」

「それは困る。ブル・メイヤに何を言われるか解ったもんじゃない」

沢木が嘆いて言った。

「芝田君の方からは他にないかね？」

保安次長が尋ねた。

「乗組員はそろそろ限界です。一日も早い事態の解決を願います。それしか無い。あと、八重山や石垣での補給がそろそろ底をつくはずです。優先配分を願います。スピーディに」

「解った。補給で迷惑は掛けない。全力を尽くす。もうしばらくの辛抱だ」

その言葉には、何の裏付けもなかったが。

東京との無線が切られると、海図に視線を落としていた近藤が、「七〇メートルまではどうにか持つだろう……」と呟いた。

「何がです？」

「深度さ。シーデビルは、ほとんど開口部がない。ガスタービン用の吸気口だけだ。浸水すればシャッターが閉じて、タービンは自動停止する。窓と言えばブリッジしか無いが、これは二〇ミリ弾の直撃に耐えられるよう設計してある。深度七〇メートルに、一〇分程度ならどうにか持つだろう。心配なのは、格納庫のエレベータのパッキングぐらいのものだ」

「どうして深度が気になるんですか？」

「もし、私が予想している通りのブローアウト現象なら、このシーデビルですら、沈没は避けられない。だが、沈没しても、その現象が短時間で収まるか、あるいは、沈没していく過程で、そのエリアを脱することができれば、再び浮上することができる。東京との無線では黙っていたが、結局、〝安平〟と中国海軍のフリゲイトの運命を分けたものはそこだったと思っている。〝安平〟は、浮力が持ったか、あるいは沈んでいく過程で、バブルの渦を脱した。フリゲイトにはそれができなかった」

「ブローアウト？……。ブローアウトねぇ。それなら、納得がいかないでもない」

芝田が身を乗り出して興味を示した。

「周辺諸国を刺激するので、この辺り一帯の地形の調査はほとんどまともにやったことが無い。しかし、ブローアウトを起こすには、海底油田が必要なんじゃないかな……」

「その辺りがまだ疑問でして。それに、もしそうなら、今回、そのブローアウト現象は、ほんの数分か、十数分で収まったことになる。それ自体が不思議です。ゲリラ発生的なブローアウト現象なんて聞いたことがない」

「沈没時に備えて、艦内装備の固定をもう一度チェックさせましょう。いざという時、舵《かじ》とかどうすればいいんですか？」

「もし、泡立っている海面に遭遇したら、間に合うと思ったら全速後退。無理なら速度を上げて突っ切るしか無い。夜間にそれが解ればの話だが」

「どうして夜間だけこの現象が？」

「海表面の温度差ぐらいしか思いつかないが、それが海底の更に下にある地層に影響するとはちょっと思えない。単なる偶然かも知れない」

「巡視船は、こんな特殊な船のようには行かない。どうやって防げばいいんです？」

芝田が尋ねた。

「一つ気づいたんですが、海女の嫉妬を含めて、この二件の事故が発生したのは、いずれも大陸棚です。魚釣島の南側は、すぐ深海へと落ち込む地形になっている。大陸棚の上に乗らないことです。それで、ある程度事故を防げるかも知れない」

「なるほど、さっそく実行させよう」

芝田はシートを降りた。

「万一のことがあったら、助けに来て貰えるんだろうね？」

「もちろんです。三〇分で駆け付けます。夜に入れば、護衛隊群がある程度まで接近するでしょうから、今日だけの辛抱です」

「儀礼でなく、本音でそう思うよ。われわれの神経もそう持つもんじゃない。半年間、盆暮れなしでこの海域にへばりついている連中だっているんだからな。灯台より、民放テレビの中継アンテナを立てて欲しいというのが、乗組員の正直な所だからな」

芝田は、再びコマンチ・ヘリに乗り込み、〝しきしま〟へと帰って行った。

シーデビルは、中国艦隊とは距離を取り、P－3Cのデータを受信し、データ解析という形で捜索に協力した。


上下白のスーツに身を固めたジャスティン・マローは、ステッキで護岸に佇む軍艦を指さしながら、「こんな中途半端な船で役に立つのか？」と尋ねた。

「これしかない。何しろ、こっちの船は、全部引き揚げたし、石油掘削船を出すには、現場は危険すぎる」

腹の出た、赤毛の髭を持つジャンニ・ジョバンニは、クアーズ・ビールを開けながら答えた。

「行くのか？」

「俺が？　俺に乗れって言っているのかい？　あんた」

「他に誰が行く。フランスの知識と権威と、権利を代行できる者が同行すべきだろう。われわれはこんなくだらん事件でこれまで投資した資金を無駄にするつもりはない。一〇年以上も、ぶつぶつ言う日本政府を後目《しりめ》に、汚いビジネスに手を貸してやったんだ。途中で抜けるわけにもいかんだろう。今後のビジネスにも差し支える」

「なら、領事館のエリートさんでも派遣すればいい。俺はご免だね」

「金なら払う。お前の言い値で払ってやるさ」

「さては、中国人に乗せられたな？」

「私は自分の判断でしか動かないよ。それに、お前さんのここしばらくの仕事には、成功報酬が余分につくことになっていたんじゃないのか？　ここで権益を失えば、せっかくの儲けをふいにする」

「まあ、所詮俺は中途半端な船乗りだからな。その言い値でっていう台詞を忘れるなよ。どうせあんたの口約束なんざ、俺は信じはしないが」

「三色旗のためだと思え。遠く祖国を離れて国家のために尽力できるのは、市民としての喜びだ」

「俺は国家から良くして貰ったことは無い。が、まあいいさ。国に貸しの一つぐらいあっても損にはならない」

海洋調査艦海洋11号型〝海洋13号〟（二九〇〇トン）のタラップを降りて、中国地質鉱山部海洋資源課のエリート研究員・劉振《リウ・ツエン》がジャスティン・マローに握手を求めた。

「話はつきましたか？」

「もちろんだ。問題はない。このムッシュ・ジョバンニが君と同行して、事態の処理に当たる。彼が持っている豊富な知識が役に立つだろう」

「それは光栄です。では行きましょうか？　ムッシュ。貴方専用の個室を準備しました。食事も、まあ満足して頂けるものを用意できるでしょう」

「だが女はいない。酒もな……」

「アルコールは何とかごまかしますよ。べつに軍艦でなくたって、貴方がこれまで乗り組んで来たフネに女がいたわけじゃない」

「俺の荷物は?」

「電話一本で、軍がシーバッグに詰め込んで三〇分以内に持ってきます」

「しゃあないな」

「ではそういうことだ。ジョバンニ君。私は商工会議所の業務があるので帰らせて貰う。幸運を祈っているぞ」

マローは、ステッキの先でコツコツと足下を叩いた。それが、彼の別れの挨拶代わりだった。

この仕草一つでマローを忌み嫌っている連中が、ここ上海だけで一〇〇〇人はいるだろうなとジョバンニは思った。

「じゃあ、行こう。出港まで本当に時間がないんだ」

中国人が先を急いだ。

「お前さん。マローは嫌いだったんじゃないのかい?」

「国家の一大事ともなれば好き嫌いも言っておられない。わが中国は、あのソヴィエトとだって、四〇年も同盟関係だったんだぜ」

ジョバンニは、タラップへと足を向けた。

「また一隻沈んだことを聞いているかい？」

「ああ。だがどうも良く解らない。ブローアウトにしては散発的すぎるのが気になる」

「海軍が撤退した方がいいのかどうかをまず検討しなきゃならない」

「爆撃機で攻撃を仕掛けるんじゃなかったのか？」

「さあね、こっちはそれどころじゃないし、あまり興味もない。もし自然現象なら、日本や台湾より先に調査船を入れて事実を明らかにすること。それが北京からの最高指令だ。それ以上のことに興味は無い」

「長いこと陸にいたせいで、足下がふらつく。ゲロ袋を持って来るんだった……」

「皆、あんたの知識に期待している。よろしく頼むよ。明日には事故海域に着けるだろう」

〝海洋13号〟は、ジョバンニの着替えが届くのを待って、四〇分後には、錨《いかり》を上げていた。

第五章　５２３号

アムール型潜水艦５２３号のロシア人アドバイザー、ビクトリー・パドフ技師は、ペンライトを点して壁を滴《したた》り落ちる露を一瞬照らした。

沈没した辺りが浅いおかげで、海水温はそれほど低くはなかったが、それでも、いずれは、一〇度かそこいらの冷たい海水に包まれた船体は、冷蔵庫のように冷えて行く。

今、艦内の気温は一五度しかなく、彼の計算では、今夜中に、これが一二度まで下がるはずだった。

湿度は八五パーセント。霧雨の中にいるようなものだ。気温が低いせいで、さほどの不快感は無かったが、いずれ、冬場の埠頭に裸で佇むような不快感に見舞われるはずだ。

レンチでパイプを叩く音が船体に響く。一分叩いては、一分静かに耳を澄ますの繰り返しだった。

一度だけ、フリゲイト艦のスクリュー音のようなものが壁を伝わって聞こえたような気もしたが、それっきりだった。

他に聞こえるものと言ったら、炭酸ソーダが発泡するような不気味な音だけで、それは微かな振動も伴っていた。海底が、鳴動しているような感じだった。

高艦長が、傾いた通路の壁に手を突きながら艦長室に帰ってくる。

パドフ技師は、その足下を照らしてやった。

「乗組員の何人かが持ち込んでいたテープレコーダーのバッテリーを繋いで、ランプを作った。昼間だけ点灯させる。ただ寝ていろというのも何だからな」

「夜聞いたスクリュー音だが、間違いなくフリゲイトかね？」

「間違いなく、われわれの軍艦だ。あんな騒音を出すスクリューは、われわれのフリゲイトしか無い。台湾でも、日本でもない。大馬鹿者連中が……。陸に帰ったら、笑い者にしてやる」

「陸に帰ったらな……」

「帰るとも。いざとなれば、どこかの壁を爆破すればいい。数名は海面まで辿り着けるだろう」

「できれば、私は濡れることなく、海上まで上がりたいね」

「昨夜ここを通ったフリゲイトが帰ってくるまで一日は掛かる」

艦長は、そんな気が滅入る事実をこともなげに言った。

「どうしてこちらの音に気づかなかったんだ？　これだけ煩《うるさ》く叩いていたのに」

「われわれが、真上に軍艦がいるらしいことに気づいた時には、フリゲイトはもう真上を過ぎていた。全員でパイプを叩いたのはその後だからな。後方に過ぎ去る目標に、水上艦は気づきようがない。それにしても、その前に気づいて当然だとは思うが、運がなかったのさ」

「君は楽観主義者だな。技術者はあれこれいらん心配をする」

高艦長は、パドフ技師の肩を叩くと、傾いた部屋で、無理な姿勢で横になった。

「起こったことを悔やんでも仕方ない。前向きに考えることさ、酸素消費量も減る」

「助かると思っているのか？」

「もちろん。台湾のラファイエット級は素晴らしい性能を持っている。日本人は、いざやるとなったら行動にそつがない。手っ取り早く、中国海軍がこの場から去れば、われわれはすぐにも助かる」

完全にそう信じていた訳ではないが、高艦長は、半分は、正直にそう思っていた。ここで捜索に当たっているのが、自国海軍で無ければどんなに希望が持てるかと思った。

曹海清提督は、〝哈爾浜〟のウイングに立ち、真上から、海面を見下ろしていた。じりじりと照りつける太陽のせいで、ウイングの上といえども、フライパンのような暑さだった。

微かに浮かんでくる泡に混じって、油の薄い帯も上がってくる。海流で流された先では、ウイングにいた〝宣賓〟の見張り要員が、もう一名回収されていた。死因は、現状では、ごく普通の溺死だった。

副官の魯大尉が、通信紙を差し出す。

曹提督は、一瞥して突き返した。

「今度は何です？」

上海市弁公室特別経済顧問の李志博士が、それを読み損ねて尋ねた。

「変わりない。台湾軍攻撃の証拠を探せだ……。どうも、こちらからのメッセージをまともに受け取っていないらしい。私だって、現場にいなければ、とても信じる気にはなれないがね。今頃北京では、誰を監察官として派遣すべきかの話が出ているだろう。曹提督は指導力に欠け、気がふれたと……」

「いいじゃないですか。それで勇み足で、尖閣の台湾軍を叩くなら、われわれは無関係で済む」

「そうはいかんよ。反撃はこちらへ来る。この艦隊を失ってみろ。わが海軍は二〇年は立ち直れない。空母建造どころじゃなくなる」

「そろそろ中へ入りませんか。こう暑いと身体が持たない」

「この下に、一〇〇名を超える同胞がいる。たぶん、何も察知することなく、突然大量の海水に襲われて絶命したはずだ」

「あまり苦しまずに済んだ……。そう理解しましょう。海には危険は付き物なのでしょう?」

「それを回避するのが、指揮官たるわれわれの務めだ」

首席参謀の黎中佐が上がって来て顔を出した。

「駄目ですね……。ソナー探知の方は。〝淮南〟がいろんな角度から探知していますが、パイプや船底を叩く音は一切聞こえないそうです。六時間近くこの作業をやっていて、こちらからも大音響を発して合図しているのに返事が無いとなると、恐らく生存者は皆無とみていいでしょう。不思議ですね。密閉状態なら、たとえ横倒しになっても、そう簡単には沈まないはずなのに……」

「〝淮南〟には、もうしばらく探知を続けるよう命じよ。日本の対潜哨戒機部隊は?」

「二機が、連携を保って捜索しています。飛行班の連中に、そのパターンを記録させていますが、いや、見事なものですよ。ある種の芸術ですね。動きにまったく無駄が無い。捜索を開始してそろそろ五時間になるので、交代の編隊が来るはずです」

「うーん、P－3Cをもってしても無理か……。この深度で、しかも相手は小型潜水艦、完全に停止しているとあればな。編隊が交代する時には、私を呼んでくれ。編隊長に直接礼を言う」

「はい。そのようにします。釣魚台の攻撃に関しては、まだ何も言ってこないのですか？」

「いや。計画があるのか、それとも台湾の無線解読を恐れて知らせないだけなのか、通信は一切無い。警戒だけは怠らないように。私が台湾軍の指揮官なら、まっさきにこっちへ反撃する。大陸へ直接反攻するより、国際政治に及ぼす衝撃が小さくて済むからな」

「はい。昼食には各艦の参謀を集めて、その点を徹底させる予定です」

「しかし、日本も動かないようだな。こと釣魚台に関しては」

「それは当然でしょう」

李が、首筋の汗をタオルで拭いながら言った。

「そういう汚れ役はわれわれ中国にやらせておけばいい。もし、空挺部隊でも送り込んで台湾軍を追い出すというのならともかく、われわれに取れる行動は知れていますからね。せいぜい爆撃か、艦砲射撃だ。それなら、中国にやらせておけばいい。それが日本政府の読みでしょう」

「なるほどな。そういう判断はあるかも知れないな。じゃあ、日本が尖閣の台湾軍を攻撃しないということは、大陸沿岸部の基地に動きがあることを察知しているということだな」

「そう考えていいでしょう。この件に関しては、われわれより日本政府の方が、より多くの、そして正確な情報を持っていると考えていい。まあ組織なんてのは、軍隊に限らず何処でもそういうものでしょう」

麦艦長が現れて、「いったん離れますがよろしいですか?」と尋ねた。

「昼食の時間です。各艦の参謀を呼ぶためのヘリを迎えないと。ここにいるとソナー探知に影響を及ぼします」

「了解した。離れていい。さて、遭難した諸君には申し訳ないが、エアコンの下に入らせて貰おう」

提督は、ようやくブリッジへと引っ込んだ。

第五航空隊のP‐3C対潜哨戒機は、その頃、〝哈爾浜〟の北東一五〇〇〇メートル、高度三〇〇フィートで、MADブームを延ばしての磁気探査を行っていた。

最後の最後の手段だった。

磁気探査に引っかかるのは、せいぜい両翼数千メートルに過ぎない。サッカー場で、よちよち歩きの乳幼児に球拾いさせるようなもので、非効率この上なかった。

本来なら、ある程度潜水艦の位置を特定してから取るべき作戦だった。

「言っちゃなんだけど、砂漠でラクダの足跡を辿りながら一〇円玉を探すようなものだよな……」

戦術航空士《TACCO》の浦添三佐が、ぶつぶつ呟きながらトラック・ボールを操っていた。彼の今の仕事は、最も効率的なトラフィック・パターンを描いてパイロットに指示することだった。

低空を低速で飛んでいるせいで、空気抵抗が大きく、機体は常時揺れていた。

「あとどのくらいやります？」

「後続の編隊は那覇を飛び立った。お前さんに与えられる時間は、上を見ても三〇分だな」

腕組みする西村司令は、彼のモニターを背後から覗き込みながら答えた。

「やりますよ。アムール級を世界で初めて釣り上げたＴＡＣＣＯは俺ですからね」

「この調子だと三日は掛かるぞ。せっかくトロフィーを用意したっていうのにな……」

まだ想像図すら無い潜水艦を形作ったトロフィーに、〝アムール級〟のロゴを入れて、それを発見したＴＡＣＣＯに授与することになっていた。

「まあ焦らないさ。後続の連中にも、チャンスを与えてやらんとな。しかし、ソナーに反応が無いのはがっかりだな」

元々、さほど期待していたわけでは無かった。生存者がいるとは思えないので、スクリューが回っていない以上、ソナーに反応が現れるはずもない。

彼らが拾った音は、ある種の海底噴気と思われる雑音だけだった。しかも、深さが災いしていた。ソノブイを有効に使うには、あまりにも浅すぎた。

「あら……、おかしいなこれ……」

対潜員の声がヘッドセットに入る。

「何だ？」

質問したのは西村では無く、浦添だった。たとえ上官といえども、オン・ステーション中に全権を握っているのは、戦術航空士なのだ。

「何か、妙な音ですよ。パイプを叩くような？」

「何番だ？」

「12番ブイです。たぶん流されたせいだと思いますが」

「コース、2－9－0へ。MAD探索を継続する」

翼がほんの少し傾いて、機体がゆっくりと向きを変える。

「ああ、これ、人為的な音です。S－O－Sですね。酷く乱れていますが。疲れているのかな……」

「沈没したフリゲイトの音を拾っているんじゃないだろうな？」

「現在シークェンス中……。うーん。違いますね。そっちに近い方のソノブイは音沙汰無しです」

「ソノブイ、残りある？」

「あと五本あります」

「よし、ダイキャストブイを叩き込んで反応が無ければ帰るぞ。アクティブ戦へ移行する。司令、二番機を待機願いますか？」

「よし来た。ＮＡＶ・ＣＯＭ、二番機に、本機のケツに着いてアクティブ戦に備えさせろ。ＴＡＣＣＯさんよ。ここまで来て、僚機に獲物を渡すようなことはするなよ」

「もちろんです……。ダイキャストブイ投下、対潜員に任せるぞ。俺はＭＡＤデータに専念する」

浦添は、ＭＡＤデータのメモリーをモニターに呼び出しながら「カモン、カモン……」と呻いた。

機体がぐんぐん12番ソノブイへと接近する。機体後尾のランチャーから、発音弾が投下される。これが音波を発信し、その反射音をソノブイで捕捉して、敵潜水艦の大まかな位置を特定するのだ。

相手が現実の敵であったなら、死刑宣告に等しかった。

ソノブイが、その前後に二本投下された。

「ヘイヘイ！　ビンゴ！……」

クルーに一斉に歓声と拍手が上がった。

「目標は金属の塊。潜水艦と認定される。ダイキャストブイ作動中――」

ヘッドホンから、その音が響いてくる。ソノブイが、たちどころに物体からの反射音をキャッチし、数十億円の電子システムが、海底からの反射雑音を除去し、目的とする物体の位置をモニター上にマーキングして行く。

「S－O－S信号に変化は？」

「まだありません」

「信じられないな。生存者がいるなんて」

「この深度のせいだろう。八時間飛んだ甲斐があったというもんだ」

西村がキャビン後方の対潜コンソールへ向かい、勝利の親指を立てながら答えた。


パイプを叩く音が止み、休憩の一分間が過ぎ、再びパイプが叩かれようとした瞬間だった。船体を叩く金属音が、艦全体に響いた。

もしこれが作戦行動中なら、心臓が縮み上がりそうな音だったが、今は違った。

高艦長は、艦長室から飛び出して、「静かに!?」と怒鳴った。

確かに聞こえてくる。規則的な、あの悪魔の息吹だ！……。

やがて、一斉に歓声がわき起こった。

「静かに！　静かに！　声では聞こえんぞ。パイプを叩け。とにかく、金属を叩け。皆でリズムを取り、Ｓ－Ｏ－Ｓを発信するんだ！」

Ｐ－３Ｃの全クルーが、その力強い、複数のＳ－Ｏ－Ｓを聞いていた。短信三回、長信三回、短信三回のシグナルだ。

「反転。もう一度ＭＡＤ探知を行い位置を特定。ダイ・マーカーを投下する」

今度は、Ｐ－３Ｃはかなり急なバンクを描いて反転した。

「ＮＡＶ・ＣＯＭ。向こうの首席参謀を呼び出せ！」

ペガサス02のコールサインを持つＰ－３Ｃから無線が届いた時、黎首席参謀は、昼食に備えて、各艦の副長らとテーブルに就いた所だった。

そのまま無線室へと直行し、最下層まで届きそうな大声で、「５２３号が見つかったぞ！　複数の生存者がいるらしい！」と叫んだ。

黎首席参謀は、その足で士官公室へ駆け込み、「提督、デッキへ！」と叫んだ。

「Ｐ－３Ｃが、マーカーを投下するそうです」

「ただちに搭載ヘリを発進。一番近い奴を全速力で向かわせろ！」

　全員が腰を上げてデッキへと走る。李博士もそれに続いた。

　我先にとウイングへ出て、双眼鏡を手にする。高度を落とすP－3Cが微かに見えたが、李には、その位置がさっぱり解らなかった。

　見張りが、据え付けの大型望遠鏡を固定して、李に覗かせる。

「どのくらい離れているんです？」

「二〇〇〇〇メートル近いな。だいぶ航路をずれているが、〝安平〟の海図とは合致している。しかし、生存者がいるとは……」

「壁かパイプを叩いているということですか？」

　P－3Cのケツから何かが海上へと落下した。それは、途中でパラシュートを開き、海面に落下すると赤い煙をもくもくと吐き出し始めた。

　早くも〝哈爾浜〟の後部デッキで、Z－9Aヘリがローターを回し始める。

「一番近いのは誰のフネだ？」

　提督が質した。

「はっ！　わが〝珠海《ジュハ》〟であります」

「よし、副長。君はヘリに乗り込み、〝珠海〟へと急げ。なんとか下と連絡が取れるようにしろ。せめて、酸素があとどのくらい持つかだけでも急いで知らなきゃならない」

「はい。提督。直ちに――」

〝珠海〟の副長が駆け出して行く。

「どうやって助けるんです？」

「日本の潜水艦救難母艦は、深海救難艇を搭載している。夜には到着する手はずになっている。明日の朝まで船体と酸素が持てば、何名かは助けられるだろう。一人でも救出できれば、何が起こったかはっきりする」

旅大型駆逐艦〝珠海〟（三七三〇トン）から、ヘリが離艦しようとしているのが見えた。

「首席参謀、全艦隊に、５２３号発見と、生存者確認の報を伝えて遣れ。この危険地帯で昼夜の捜索活動ご苦労であった。しかし、依然として気を抜くなと付け加えてな」

「はい提督。兵が喜びます。士気も上がるでしょう」

「本艦も移動させろ。万一、台湾が証拠隠滅に出てくることを想定せねばならない。艦隊でもって、現場海域を包囲して守る」

「まあ、生存者を無事救出できれば、台湾との事故は無かったことが証明され、台湾は釣魚台から兵を引き揚げ、この件はお開きになる。そういう感じがしますがね」

李は、ほんの少し先を読んで言った。

「それで誰が得をする？」

「第一に台湾。釣魚台に軍事兵力を展開し、しかも日本のいかなる反撃も招かなかったという実績を残せる。次に日本。このエリアで発生した事件に際し、人助けという方法で貢献し、実効支配を印象づけた。われわれは、何もなしですな」

「それでは困る。北京は納得すまい。日本と台湾の面子《メンツ》だけ上げて、中国が面子を失うという事態はな」

困ったことになりそうだと、提督は思った。

P－3Cからのデータリンクは、尖閣寄りに布陣していたシーデビルに届いていた。全ての無線のやり取りもモニターされていた。

外務省の早乙女奈菜は、CICの肘掛け椅子の上からモニター・スクリーンを見下ろしつつ、「危険なファクターを一つ抱え込んだとみていいでしょう」と告げた。

「北京は、この事態をあまり歓迎しないでしょうね。台湾は、魚釣島に実効支配の足跡を残し、日本は、人命救助という形で実効支配の威力を見せつけた。中国は恥を晒しただけです。彼らのプライドが許さないでしょう」

「やってくる？」

片瀬艦長が、ぽつりと聞いた。

「ええ。何らかの軍事的オプションを取らざるを得ないでしょう。政治的行動によって、彼らが尖閣の歴史にその足跡を刻めない以上は――」

片瀬は、自らタッチパネルを操作して、モニターの海図を縮小表示した。第二護衛隊群が、単縦陣型で久米島を通過する所だった。

潜水艦救難母艦の〝ちよだ〟は、すでに赤尾嶼《せきびしょう》の北東二〇〇キロまで南下していた。

そこには、空自の編隊も映し出されていたが、黄尾嶼《こうびしょう》と赤尾嶼の中間地点辺りに、制限ラインを設けているらしく、そこから西へ戦闘機を飛ばそうとはしなかった。

「魚釣島へ移動して様子を見るかな？」

「もし大陸から、攻撃機が飛んで来たらどうします」

「レーダー・ロックオンで、歓迎するぐらいのことはしていいだろう。台湾軍が苦境に陥るとはあまり思えないが……」

そのスクリーンには、台湾空軍のＥ‐２Ｔ早期警戒機も映っていた。ミラージュ戦闘機四機もの護衛を受け、魚釣島の、ほぼ真西七〇キロ、六〇〇〇メートル上空を旋回していた。

このＥ‐２Ｔがいる限り、中国空軍の戦闘機は、二〇〇キロも手前で、その存在を察知されてしまうのだ。どんなに手厚い護衛を付けても、一〇〇キロ手前で、ミラージュやチンクオ戦闘機の餌食になるのは目に見えていた。

「とにかく、海保の巡視船が誤射される危険を考えると、自衛艦が一隻ぐらいいた方がいいだろう」

「すまんが、外務省なり国連なりつついて、〝ちよだ〟の専門家とこの私を、中国海軍の艦艇へ受け入れるよう交渉して貰えないか？」

近藤一佐が早乙女に告げた。

「〝ちよだ〟が搭載している遠隔操縦型のロボット潜水艇を使えば、沈没船の状態を早めに知ることができる。それで、一時間以上、救出に掛かるまでの下調べを短縮できる。この海域で発生している謎の解明にも役立つかも知れない」

「解りました。香港と東京の両面から直ちに働きかけるよう東京へ伝えます」

シーデビルには、外務省が使っている秘話装置付きの外務省専用衛星回線システムが搭載されていた。

基本的に、外交官が乗り込む時以外は使い道も無いので、これまで死蔵されていたシステムだったが、早乙女は通信室へと急ぎ、東京の沢木審議官を呼び出して、近藤の申し出を伝えた。

シーデビルは、Ｐ－３Ｃの編隊が引き揚げたのを確認すると、針路を南に取って速度を上げた。

彼らが、中国海軍の艦艇に最接近したのは一五〇〇〇メートルまで。もちろん、発見されることは無かった。

曹提督が座乗する〝哈爾浜〟が、潜水艦５２３号沈没地点に到着するまで、七名が死亡、二〇名が生存という報《しら》せが、モールス信号によって届けられていた。

さらに、酸素が、もう二、三日は問題なさそうであることも解った。しかし、船体がかなり傾いていることが懸念材料として伝えられた。

ゴムボートが数艇浮かび、海中からの泡を探していた。すでに、Ｐ－３Ｃが投下した信号弾の緑色の海面は、現場から二〇〇メートルほど流されていた。

「メガホンを貸せ！」

〝珠海〟の艦長が、ウイングに出ていた。

「艦長！　何かと衝突したのかと尋ねてくれ」

まず調べねばならないのは、そのことだった。そして、〝哈爾浜〟のソナー音を、スピーカーに流すように告げた。

モールス信号のやり取りがなされ、返事が海底から返ってくる。

副官の魯大尉がそれをメモして読み上げた。

「本艦は、深度五〇メートルを五ノットで航海中、突然浮力を喪失し、ベント操作が間に合わずに海底に激突した。原因は不明」

「だいぶ浅いな……。船尾付近はかなり深度が浅いとみていい」

　提督は、スピーカーから流れる音の強さでそう感じた。

「そもそも沈没状態にある潜水艦が浮力を失うなんてあり得るのか？……。副官、状況を考えろ」

「はい、提督。塩分濃度の急激な変化などが考えられます。それに気づかずに航行しており、気づいた時には手遅れだったと思われます。この辺りの深度を考えると、潜水艦の場合、前後のトリムが崩れただけで、一瞬にして海底に突っ込みます。また、アムール型特有の事故だったかも知れません。何しろ、初めての導入でありますから、トリム・バランスがそもそも崩れていた可能性も類推できます。自分は潜水艦に関しては、一通りの知識しか持ちませんが、沈没する理由はいくらでも推測できます。突然、浸水したかも知れない」

「なるほど、そう考えられなくも無いな」

〝珠海〟から、ブイが付けられた長いロープが海中へと投げ入れられる。

　この海流はいささかやっかいそうだった。

「提督、ちょっと――」

　艦長がブリッジから呼んだ。

「海図をちょっと見て貰えますか」

　ブリッジに入ってチャート・デスクに歩み寄る。

「こちらが、日本の海上保安庁が作っている海図で、こちらが、われわれのものです。特に差異はありません。沈没箇所はここです」

　鉛筆で×印がなされていた。

「斜面なのか？……」

「ええ、海図上では、ちょっとした窪地になっています。最深部で二〇〇メートル、５２３号が引っかかっているのは、一三〇メートル辺りですが、問題は斜度ですね。一七度か、もっとあるかも知れません。たぶん、この上更に、５２３号は、艦尾を浮かす感じで沈没しているものと思われます。失敗すると、救出の過程でずるずると滑る可能性があります。その間に、新たな浸水を来すかも知れない」

「こりゃやっかいだな。しかし、もし５２３号が何かと衝突したのでないとすると、そのまま全員死亡を願う連中がいるかもしれん。艦長、この件は慎重に扱わないとまずいぞ。沈没の原因は、まったく不明ということにしておこう。たとえ何度照会を受けてもな。モールス信号で、連絡がうまく取れないことにしておけばいい」

「余敦法《ユ・ソンファ》提督ですね。全体の指揮を執っておられるのは」

「ああ。結果を出せが口癖の男だ。このまま沈没したクルーを救出してバンバンザイで済ませるような男じゃない」

　通信兵が、極秘の印が押された通信用紙をデスクに置いた。

「案の定だ……。いよいよ始めるらしい。こんな所に台湾軍の反撃が来たら一〇分も持たないぞ」

尖閣への攻撃開始を告げるメッセージだった。

「われわれに攻撃命令が来ていないということは、攻撃機で叩くつもりなんでしょうね。台湾の方が、どう考えても戦力は上ですよ。早期警戒機もいることだし……」

「何を考えているんだか知らないが、まあ、お手並みを拝見させて貰おう。彼のことだから、ただの力技ではあるまい。きちんと策は考えているさ」

舵を預かる航海長が、小刻みに転舵を命じていた。それほど海流は速かった。


台湾海軍のフリゲイト〝西寧〟（三五〇〇トン）の艦長、郁飛中佐は、尖閣諸島・釣魚台へ三〇キロの洋上に占位する艦隊の中心にいた。

夜が明けてから、全体の指揮を執るために、基隆艦隊の総司令官・孟立民《マオ・リミン》海軍少将が乗り込んで来てくれた。これでだいぶ彼の立場が楽になった。

艦隊は、釣魚台の真南から、中国軍の侵入が予想される北西方向へと布陣していた。合計一五隻。ただし、カバー・エリアが広すぎるせいで、安心はできなかった。

孟提督はしきりに防空を気にし、見張りを倍にするよう命じていた。

艦隊司令部からは、大陸部沿岸基地での、戦闘機の集結状況が逐一伝えられていた。

「とにかく、守備範囲が広すぎるのが問題だ。せめてチャパラルか改良ホークのシステムだけでも、釣魚台に上陸させるべきだったんだ」

「その件は、すでに二度意見具申して退けられました。それで損害を被った場合、責任は台北が背負うことでしょう」

　海兵隊を指揮する朱至立大佐は、プロッタ情報に注意を配りながら言った。海上保安庁の巡視船艇と時々接近することがあった。

　向こうは、最低でも五〇〇〇メートル以内には接近しないよう注意している様子だったが、こちらが島へ接近すれば、距離を狭めざるを得ない。

　気が気じゃ無いだろうなと思った。何しろ向こうには、攻撃機が接近しても迎撃する術は無いのだ。

「大佐。私は、まず君の部隊に凌《しの》いでもらいたいのだ」

「ブラック・マーケットで手に入れたスティンガー・ミサイルがあります。あれが少しは安心材料になる。それに、釣魚台自体は、急峻な地形を持つ島ですからね。あのブッシュに隠れた部隊を、見つけ出して爆撃するのは難しいですよ。あまり効果は無いと見ていい。そもそも、その前に空軍がたたき落としてくれます。Ｅ－２Ｔがいるんですから」

「そこだよ。われわれはＥ－２Ｔに頼りすぎているが、他方、海軍はＥ－２Ｔの情報をリアルタイムで受信できるわけでもない。あれはあくまでも空軍のシステムだ。何かのトラブルで、その情報が消え去れば、たぶん一〇〇機単位で殺到する攻撃部隊を有機的に迎撃できる術は、わが軍には無い」

「それは言えてますな。もっとしっかりしたデータリンク・システムを構築する必要がある。しかし、後方には自衛隊のE－2Cもいます。連中がまったく知らん顔をするとも思えない」

提督の副官が、通信紙が載ったボードを差し出した。

「そら、来たぞ。海軍参謀長からだ。日本側主張の領海を突破。釣魚台防衛に備えよ。敵空軍部隊による攻撃は近し――だ」

「もし余裕があったら、ホークのシステムを補給艦からヘリで陸揚げしましょう」

「うん。艦隊に命令、巡視船との衝突を極力回避しつつ、釣魚台を目指せと」

まずいことに、高度四〇〇〇メートル辺りに雲が出始めていた。

海上保安庁の巡視船〝しきしま〟は、丁度領海一二海里のライン上にいた。

芝田一等海上保安監は、ウイングに佇み、速度を上げて目前を通過する〝西寧〟を恨めしそうに見つめていた。

「各船へ命令。無用な衝突を避け、道を開けてやれと伝えろ」

「しかし、それでは――」

参謀役の浜井一等海上保安正が反対した。

「どうしろと言うんだ？　相手は軍艦だぞ。しかも、連中が出て来たってことは、いよいよ大陸からの攻撃が近いということだ。巻き添えで犠牲を払うのはまっぴらだ。シーデビルは何処だ⁉　急いで照会しろ」

シーデビル一隻でどうなるものでもないがと芝田は思った。魚釣島を囲んでいた三〇隻ほどの巡視船艇は、続々と島を離れ、領海線付近へと後退した。

代わって、台湾海軍の艦艇が島を囲むように、海岸線から五〇〇〇メートル辺りと、一五〇〇〇メートル辺りに、二重に及ぶ防御ラインを張った。

シーデビルは、その魚釣島のほぼ真北、二〇〇〇〇メートルを一〇ノットで航行していた。

片瀬艦長は、ＣＩＣで、刻々と変化する台湾海軍の配置を見ていた。

「防空ミサイルや、対空砲とかあるんですよね。中国は本気なんですか？」

早乙女が解せないという顔で聞いた。

「雲が張りだしている。その上を飛ぶ限り、目視で撃墜される心配はない」

「でも、Ｅ－２Ｃとか持っているんでしょう？」

「台湾が装備しているのは、Tと呼ばれるタイプですが、まず最初にこれを潰すでしょう。その混乱に乗じて攻撃を掛ければいい」

「潰すと言っても、護衛もいるでしょうに……」

「真下から攻撃すればいい。Ｅ－２には、いくつか欠点があります。プロペラ機ですから、高度を上げると燃料が持たない。潜水艦程度が装備している艦対空ミサイルで簡単に撃墜できます。しかも、台湾海軍は、Ｅ－２Ｔの哨戒エリアに艦艇を配置しているはずです。潜水艦は、潜ったまままずそれを探せばいい。ミサイルを発射しても、Ｅ－２Ｔには、真下から上ってくるミサイルは見えない。護衛のミラージュとて同様です。あまりに目標が小さすぎる」

「そうなんですか……。海保は危険では無いんですか？」

「攻撃してくる連中の腕次第ですね。いざとなれば、空自も出てくるでしょうし、まずわれわれが艦隊防空の網を提供することになります。もっとも、ミサイルには限りがありますが」

シーデビルは、魚釣島の東側へと回り込んで、海保と台湾海軍の間に入ることにした。

魚釣島一五〇キロ西方で警戒していたＥ－２Ｔが攻撃を受けたのは、それから五分後のことだった。

海面に浮上したキロ級潜水艦から発射された四発のＳＡ－Ｎ－８艦対空ミサイルは、Ｅ－２Ｔと、護衛に当たっていたミラージュ２０００二機に命中した。

続いて、Ｅ－２Ｔの真下にいたノックス級フリゲイトの〝鳳陽《フォンヤン》〟（三〇一一トン）が、シルクワームによる攻撃を受け、爆発炎上、こちらは三〇分で沈没した。

それが、中国軍による攻撃ののろしだった。

直ちに、二〇機に及ぶミラージュ戦闘機と国産のチンクオ戦闘機が離陸したが、それを誘導する予備のＥ－２Ｔは、戦闘機より遥かに遅いスピードだった。

台湾空軍が、五〇機の戦闘機を上げた時には、同じ数の中国空軍の戦爆連合部隊が魚釣島に迫っていた。

その作戦の全体指揮を執る房 毅《ファン・イー》大佐は、チョントーＦ－７型攻撃機の後部座席から、編隊を眺めていた。

全ての編隊は、全滅を避けるため、四機編隊にまとまり、さらにそれが四つの編隊を形作り、しかも高度差を持って進んでいた。

主力の対地攻撃機部隊は、最後尾に控え、最前部をシェンヤンＦ－８Ⅱ戦闘機の編隊、その後方に、シルクワーム・ミサイルを搭載したチョントーＦ－７編隊が続いていた。

その数は一二機。搭載する対艦ミサイルは、全部で四〇発にも及んだ。

「とにかく、敵の戦闘機より先に釣魚台へ接近できればいい」

大佐は、対地レーダーを睨みながら、前席のパイロット、文宝俊《ウエン・パオジュン》少佐に告げた。

何度もシミュレーションを行った。それも昨日今日の話ではない。台湾が尖閣列島を占拠して来た時のことを想定し、ここ十年来ずっと研究してきたのだ。

その間、彼我の戦力差は開く一方だったが、何事にもやりようはある。装備が充実すれば、それだけ作戦は疎《おろそ》かになる。慢心が油断を呼び、そこに付け入る隙ができる。高度な情報システムに頼った戦術は、それ故の脆さを内包することになる。

顔を上げると、戦闘機部隊の指揮官機が翼を振っていた。作戦は成功だという意味だ。

レーダー警報が鳴った。台湾海軍の防空システムに察知されたのだ。

「行きますか?」

「いや。まだだ。十分に引きつけてから攻撃する。スタンダードSAM装備艦を探す。こいつが最大の脅威になるからな」

オリヴァー・ハザード・ペリー級のフリゲイトは、旧タイプとはいえ、射程が五〇キロ近い艦隊防空用ミサイルを搭載していた。

「高度を落とします」

「いいぞ」

編隊はロールしながら一気に高度を落とし始めた。ロックオン警報が鳴り響く。この距離でミサイルを撃たれたら、むしろ好都合だ。敵は、こちらを攻撃するために、しばらくはレーダー波を照射し続けなければならない。その間、他の目標への攻撃はできなくなる。

「いいぞ。こっちを狙え。俺が指揮官だってことを教えてやってもいいんだぞ……」

大佐は、慎重に目標を識別し始めた。オリヴァー・ハザード・ペリー級と、そうでないフリゲイトを識別する必要があった。

「二隻か……、二隻の間隔は一〇キロ」

ロックオン警報がまだ鳴っている。すでに敵はミサイルを発射したか、発射するかの寸前のはずだった。

機体がどんどん高度を下げていく。あっという間に一〇〇〇フィートを割った。それでもなお、海面へと向け高度を下げ続けた。

海面すれすれへと降り、ようやくロックオンが外れた。

「最前部の敵まで四〇キロです」

「解っている。敵に対応する時間を与えたくないのだ。辛抱しろ」

すべからく兵器は、可能な限り敵から遠距離で発射した方がいいに決まっている。だが、あまりに遠いと、敵に迎撃する余裕を与えてしまうのだ。

じりじりと時間が過ぎ去って行く。機体は、高度二〇メートル以下で飛んでいた。大佐は、あまり海面を見ないよう努めた。どう考えても、この高度をこの速度で駆け抜けるのは、狂っているとしかいいようがなかった。

しかし、彼の部下はしっかりと後方に付いていた。

一分少々で、更に一〇〇〇〇メートル距離を詰める。

「見えたか？」

「はい！　横一列に軍艦が並んでいます。ミサイルの軌跡も見えていますよ。雲の上へ向かっていきます。たぶん迎撃部隊の方だと思いますが」

「よし。ここいらが限界だな。発射秒読みに入る。高度を上げてくれ」

「了解」

実は、指揮官機である大佐の機体には、対艦ミサイルは搭載していなかった。その代わり、四発の対レーダー・ミサイルを搭載していた。

「二発ずつ、時間差を置いて発射する。しばらく辛抱してくれ。5、4、3——」

文少佐は、3のコールと同時に、機体を心持ち上げた。対レーダー・ミサイルが、翼下パイロンを離れた後、海面に激突しないようにだった。

まず外側の二発が発射される。すると、少佐はいったん高度を下げた。ミサイルの後方噴流が作り出す乱気流で、機体が激しくぶれる。

「よし、もう二発」

「僚機、対艦ミサイル発射します！」

もう二発が発射される。その瞬間、右側前方の雲の中で、小さな爆発が起こった。戦闘機隊による交戦が始まったのだった。あの位置だと、きっと友軍機が、ミサイル攻撃を受けて被弾したに違いなかった。

身軽になった機体をあやすように、少佐は、ぐいと高度を下げた。僚機が放った対艦ミサイルが、微かな白煙を引きながら敵艦隊へ向かって行く。

二隻のオリヴァー・ハザード・ペリー級から、スタンダード艦対空ミサイルが発射され、雲間へとそれが吸い込まれていく。

優れた作戦だと房大佐は思った。ここで慌ててこちらの対艦ミサイルをたたき落とそうとしても、海面付近を飛ぶシースキマー・ミサイルには、そう命中できるものではない。それより、上空の戦闘機を狙った方が確実なのだ。

一瞬、レーダーが真っ白になる。敵が対艦ミサイル用の電波妨害を始めた。これも織り込み済みのことだ。

「距離二五〇〇〇！」

「了解」

大佐は、首を回して周囲に目を配った。雲の上から、炎に包まれた戦闘機が墜ちてくる。空中でくるくると回転し、やがて爆発した。

右翼方向に、ようやく敵編隊が現れた。

「今頃遅い！」

「速度を上げます」

対レーダー・ミサイルは、敵が発するレーダー波を目標に飛んで行く。命中まで九〇秒もない。敵がミサイルの正体に気づいた時には手遅れだ。

たとえレーダーを切っても、メモリー・モードで、目標に突進していくはずだった。

結局、四発とも全てが、二隻のフリゲイトに命中した。

その瞬間、台湾海軍の前縁守備ラインは、一気に防空能力を喪失したのだった。

右翼から、ミラージュ戦闘機が迫る。しかし、その瞬間、上空の雲の間から、真打ちが降りてきた。

スホーイ27フランカー戦闘機は、ひときわ大きく、偉容を放っていた。フランカー編隊がアフターバーナーに点火し、猛然とミラージュの編隊に突っ込んで行く。

先頭にいたシェンヤン戦闘機の編隊は、これも囮《おとり》だった。

前方で、派手な爆発が起こっていた。四隻もの軍艦が燃えていた。そのライン上にいた軍艦は八隻。半分を撃破したことになる。だが、釣魚台までは、まだ二〇キロはあった。しかも、今燃えている艦隊の内側にも敵艦隊はいた。

「よし、第二波攻撃。第二編隊を前へ出すぞ！」

大佐は、左翼後方を振り返り、左手を上げて合図を送った。

第二編隊が心持ち前方へと出て、攻撃態勢に入った。敵が設けた先鋒の防御ラインを突破する。高度が低いせいで、両脇に撃破したフリゲイトが見えるだけだった。

後は、個艦防空ミサイルしか持たないフリゲイトの射程距離から、一寸でも早く離脱すればいいだけのことだ。

すぐさま第二波攻撃が始まった。目前に、釣魚台が迫っていた。急上昇しなければ山肌に衝突するしかない。

敵は、ミサイルで迎撃できないとみると、対空砲弾を撃ってきた。目前で火花が散り、機体が激しくぶれる。


〝西寧〟の郁艦長は、ＣＩＣから、落ち着き払った態度で、「無理に当てようと思うな」と命じた。

「まっすぐ狙え。そこに敵機もミサイルも飛び込んでくる」

すべての兵装を使用できるよう、船体の横面を敵に見せなければならなかった。レーダーの反射面積が最も大きくなる危険な姿勢だ。

危険だが、ヘリ格納庫上の近接防御火器システム《CIWS》から主砲まで同時に使うためには仕方なかった。

今、狙って撃っているのは主砲の七六ミリ単装砲だけだった。これだけが、レーダー誘導で、一〇〇〇〇メートル彼方の敵機を迎撃していた。しばらくして、これにシーチャパラルが加わる。

ミサイルが向かってくると、三〇〇〇メートルまで接近した所で、ＣＩＷＳのバルカン・ファランクスが目覚めた。

孟提督は、〝西寧〟の左翼ウイングに仁王立ちになり、「制空権を失うと、海軍なんてのはこんなものだな……」とあきらめ気味に漏らした。

真正面に迫っていたミサイルがバルカン・ファランクスに叩き落とされ、海面へと突っ込む。

その背後で、攻撃機が爆発した。だが、敵はまだ編隊の形を保っていた。

「敵もやるじゃないですか……」

海兵隊の朱大佐も感心していた。

「しかし、たかが五、六機の攻撃機が突破したからと言って、何ができるわけでもない」

一五〇〇メートル北に布陣していたオリヴァー・ハザード・ペリー級の〝子儀《ツィイ》〟の煙突が吹き飛び、破片が空から降ってきた。

「〝子儀〟を守れ！」

「提督、ブリッジへ。破片が降ってきます！」

朱大佐は、慌てて提督をブリッジへと押し込んだ。

「突破したのは何機だ!?」

「まず六機です。しかしこれらは対艦装備で爆弾は抱いてませんでした。後続の編隊が来ます！」

「撃て！　撃て！　撃ち落とせ！」

主砲が発射される度に、振動がブリッジを見舞う。ものの五分で対空弾は弾切れになった。


シーデビルは、魚釣島の真南五〇〇〇〇メートル沖を二〇ノットで真西へ航行していた。

全員がライフベストを着用し、ＣＩＣでシートベルトを締めて作戦に挑んでいた。

「正確な所は解りませんが、動かない、もしくは明らかに被弾したと思われる艦船が七隻に上ります」

桜沢副長が、赤外線などのデータと照合した結果を報告する。

「抜かったな……。これ以上の損害は拙いだろうな」

片瀬艦長は惨憺たる戦場の様子をスクリーン上に見ながら言った。真正面から、攻撃機が一機向かってくる。高度が低かった。

「面舵いっぱい。こいつを避けるぞ」

何しろ向こうには、こちらが見えていないのだ。

「どうするんだ？」

近藤一佐が尋ねた。

「ここいらが限界でしょう。無線封止解除！　台湾海軍の防御ラインの中間位置まで前進、前進する編隊を切り崩す」

「はい、無線封止解除、スタンダード・ミサイル、及びシースパロー発射スタンバイします」

「舵戻せ！」

攻撃機が、四〇メートルほど右舷を通過する。

「目標、マーキングします」

四機編隊が整然と突進してくる。丁度、被弾した艦船の間を縫うように飛んでいた。

「よし、この煙を吐いているフリゲイトの右舷へ抜けつつ迎撃する。ステルス・モード解除、本艦を目標にさせてやる。四機マーキング」

「二機をスタンダードで。もう二機を主砲で迎撃します」

「任す」

スタンダードSM2イージスERミサイルが後部VLS発射基より二発垂直発射される。二発とも、個別誘導されていた。

それは、〝西寧〟の僅か五〇〇メートル前方でのことだった。

突然現れた灰色の高速船に、皆が呆気にとられていた。

スタンダード・ミサイルは、ほぼ水平に飛び、先頭の二機を撃墜した。更に一二七ミリ単装速射砲が火を噴き、二機を海面に叩き落とした。

あっという間の出来事だった。

第六章　中立兵力

台湾海軍海兵隊第二海兵大隊を指揮する顧南起中佐は、敵の攻撃機が上空を通過する瞬間、思わず頭を押さえて身を屈めた。

山肌が西へ拓けた場所に指揮所を設けていたせいで、超低空で突っ込んできたチョントーF－7型攻撃機は、まるで、彼が陣取るカムフラージュ・テントを目がけて突っ込んでくるようにも見えた。

ほとんどの機体が、激突する寸前に左右へと急旋回する。

「狼狽《うろた》えるな⁉　あれは対艦任務だ」

海上に、いく筋もの火花が上がっていた。海軍はだいぶ手ひどい犠牲を払った様子だった。

突然、機銃弾がブッシュを叩いた。

「くそ⁉　味方のフリゲイトの機銃弾だぞ」

中佐は、身を屈めたまま怒鳴った。

「だいぶ浮き足立っているようですな……」

郭中尉が、中佐の前へ出ながら言った。

「中尉のように、金門馬祖の砲撃戦を知っている世代はもうあの軍艦には乗っていないだろうからな。そりゃびびるよ。僚艦は被弾して爆発を繰り返し、攻撃機が大音響を発しながら突っ込んでくれば。それ、爆撃部隊が来るぞ……」

目前で、何機かが吹っ飛ぶ。海上からの弾幕を逃れた攻撃機が、二機突っ込んでくる。

スティンガー・ミサイルが発射され、一発が命中する。突然、火の玉が空中に現れて膨張したみたいだった。

もう一発は外れたが、僚機の被弾で、後続の攻撃機は、大きくコースを外した。リリースされた爆弾が海面へと落ちて行く。

水柱が上がり、そこへ超低空で突っ込んできた一機が叩かれて、海面へと突っ込んで爆発した。

北小島に降下した僅か一二名の部隊には、二発のスティンガーが与えられているのみだった。

石瑤《シ・ヤオ》中尉は、ヘルメットを押さえて、岩影に隠れるしか無かった。

攻撃機が、バルカン砲を撃ちながら突っ込んでくるため、とても兵隊を立たせて迎撃できる余裕など無かった。

彼の島からは、艦隊が布陣している場所は、近くても一五キロは離れていた。だが、海上で軍艦が燃えていることだけは良く解った。空恐ろしい光景だった。

「軍曹！　うちの空軍は何処にいるんだ⁉」

「見ませんでした⁉　フランカー戦闘機を。あの相手で精一杯でしょう――」

金軍曹も、地べたに這《は》い蹲《つくば》り、両脇に珊瑚礁の破片を置いて身を守っていた。歩兵が闘うべき相手は歩兵であり、戦闘機ではない。歩兵の役割は旗を掲げることだと割り切っているベテランだった。

「しかし、酷《ひど》いな……」

機関砲による破片が激しく跳ねて会話が途切れる。一〇〇丁の機関銃で乱射されているような気分だった。

直撃を食らった岩が、目の前で簡単に炸裂した。

長い時間だったが、実際には、第一次攻撃は、ほんの二分で終わった。空が静かになると、中尉は恐々と顔を出した。

「煙は何本見える？」

「下を見ても五隻は殺《や》られていますね……。でも、こちらもだいぶ応戦したみたいです。釣魚台には煙は見えない。向こうも、機関砲を食らった程度でしょう」

「だといいんだが……。おーい、負傷者はいないか⁉　点呼を取り、砕けた岩は別のもので防げ！　第二波が来るぞ」

その通りだった。

シーデビルのＣＩＣで、スクリーンを眺めながら、片瀬艦長が次々と命令を下して行く。

その傍らで、近藤一佐が、早乙女にスクリーン情報の読み方を教えていた。

「赤くて丸く表示されているのが、ＩＦＦに応答しない敵の戦闘機だ」

「ＩＦＦって、敵味方識別装置のことですよね？　シーデビルは、台湾の戦闘機はフレンドリーだと判断している様子ですが？……」

台湾空軍のミラージュやチンクオ戦闘機は、全てブルーの友軍として表示されていた。

「そうだ。実は、今朝方受け取った補給品の中に、台湾空軍の敵味方識別装置が入っていた。なんでも、昨夜の最終便で、軍をリタイアした人間が那覇へこっそり運んで来たそうだ。誤射されるよりはという所だろう。大急ぎで組み込んだ。それで、オタマジャクシみたいに尻尾が付いているが、あれが方位とスピードを表す。見た目三センチ程度ということは、時速にして七〇〇キロ程度だろう。ＳＲ－71とかがマッハ三で飛ぶと、あれが一五センチぐらいになる。数字は、現在高度を表す。ただし、フィート表示だが」

「雲の中を飛んでいるんですね？」

第二次攻撃隊が接近していたが、いずれも、薄く張った雲の中を飛んでいた。

「うん。結局の所、空中戦というのは、ビジュアルでの確認が一番確実だからね、雲は、未だに最高のカムフラージュになる。艦艇だってそうさ。スコールは、時にはレーダーすら無効にする」

台湾空軍が、ようやく後続のＥ－２Ｔを上げた様子だった。ＥＳＭレーダーが、そのレーダー波を探知する。

だが、間に合う感じでは無かった。

「台湾海軍の第一次防衛ラインの後ろへ占位して防ぐぞ。ミサイルは主砲、及びゴールキーパーで防御せよ」

艦長が命じた。

「艦長、飽和攻撃を受ける恐れがある。俺が口出しすることじゃないが、姿を晒してはいかなシーデビルでもあっという間に弾切れだぞ」

近藤一佐が横から口を出した。

「大丈夫です。投棄型ＥＣＭで応戦します。距離一〇〇〇〇で発射する」

「エクスペンダブルＥＣＭ、一〇〇〇〇でウェイクアップ、二発は必要ですが？」

と副長。シーデビルは、このミサイルを四発しか搭載していなかった。

「行け！　第三波があったら空自に任せるしか無い。那覇に救援を要請しろ。これ以上の犠牲は拙いぞ……。見えていないのか？　上からは」

後部VLS発射基から、二発のエクスペンダブルECMミサイルが発射された。

二発は、しばらく併走した後、高度二〇〇〇メートルで、お互い北と南に別れ、シルクワーム・ミサイルのレーダー波に同調する長さにカットした極細のフィラメントを放出し始めた。


Ｆ－７編隊を率いる房毅大佐は、魚釣島の東へ抜けると、４Ｇの旋回で、第二次攻撃隊の前方へと出た。

まったく見慣れない船形のフネから、ミサイルが発射されるのが見えた。

「双胴船の軍艦⁉　噂のシーデビルか⁉……」

「たった一隻なら飽和攻撃で潰せます」

操縦桿を握る文宝俊少佐が呼び掛ける。

「駄目だ。チャフで無駄弾を撃つ羽目になる」

眺めている間にも、艦船を叩く先鋒隊が突っ込んでくる。次々とミサイルを発射したが、半分も進まない内に、海面へと突っ込んだ。

大佐は、その数を数えた。六発は超えていた。

レーダー画面に、帯のような筋が出来、それが、台湾海軍の艦艇の前に壁を作っていた。

「言わんこっちゃない……。こちら隊長機より、各編隊へ！　チャフの壁が出来ている。高度を落とし、もっと接近してから攻撃しろ！」

房大佐の機体は、編隊の最後尾に付いて戦果を確認すべく、北西へと一直線に高度を上げ始めた。


台湾海軍を指揮する孟提督は、〝西寧〟の左翼ウイングから、海面に身を乗り出し、

「水平だ！　水平撃ちだ！」と怒鳴っていた。

海兵隊の朱大佐が、提督の腰のライフベストを摑んで身体を保持しなければならないほどだった。

白煙を引くミサイルが、チャフの壁にぶつかり、次々と海面へ突っ込んで行く。だが、その背後に、急降下して来る攻撃機がいた。

四機編隊が真っ逆様に突っ込んでくる。辺りで、対空砲弾が炸裂し始めたが、まだだいぶ距離があった。

シーデビルが、〝西寧〟の僅か三〇〇〇メートル北西で巨体を晒し、主砲が火を噴いていた。

やがて、ブリッジ部分の両脇から、オランダ製のゴールキーパー近接防御火器システムの発射架台がせり上がってくる。

バルカン・ファランクスは二〇ミリだが、こちらは口径三〇ミリだった。

「やりますな……、あのフネは」

「感心している場合じゃないぞ、大佐。話にならん。われわれより二〇年は遅れている空軍を相手に、このざまだ。弾幕はどうした⁉　三〇ミリ砲は何をしている？」

「弾切れの模様です」

「本艦のチャフはどうなっている？」

「今再装填中の模様です」

海面すれすれへと突っ込んできたF－7の周りで火花が散り、突然二機が爆発した。海面五〇メートルで、機体を立て直した所だった。

だが、その爆発の中から、二発のミサイルが突っ込んできた。

二発とも、〝西寧〟を狙っていた。

CICからの艦長の操艦命令が、スピーカーから響く。バルカン・ファランクスが機械音を発して起動した。

CICで鳴ったアラームがスピーカーから聞こえると、朱大佐は一瞬血の気が引いた。それは、CIWSの故障を報せるアラームだった。

「なんでもいい！　銃を持てる者は応戦せよ！」

提督は少しも怯まず、ハンド・スピーカーで叫んだ。

ミサイルがぐんぐん大きくなる。命中までほんの四秒もないなと思った。

「提督！　中へ！」

大佐が、強引に提督の腰を引っ張った瞬間だった。シーデビルのゴールキーパーが火を噴き、ミサイルを叩き落とした。まるで横面をはたかれたみたいに、ぶれた後に爆発した。

もう一発は、シーデビルへ向かっていたが、こちらも三〇〇〇メートルで撃破されていた。

第二波は、どうにかしのいだなという感じだった。


房大佐の機体が第二次攻撃隊の最後尾に付いた時、すでに勝敗は決していた。第一波はうまく行ったが、第二波の対艦部隊は、一隻も削ることはできなかった。

レーダーに、接近する敵の空軍部隊が映っていた。奇襲が最大の成功要素を占める作戦だ。これ以上の継続は、いたずらに犠牲を増やすだけだった。

大佐は、対地攻撃部隊の撤退を決断した。

戦果としては、満足すべきものだと思っていた。少なくとも、台湾海軍はこれでしばらくは立ち直れないだろう。尖閣に上陸した海兵隊を叩くより、政治的意味を持つ戦果だった。

この命令により、対艦部隊の背後に続いていた八機の対地攻撃機部隊と、第三波の二〇機が、爆弾やミサイルを抱いたまま引き返すことになった。

シーデビルは、戦闘が一段落つくと、再び台湾海軍の目前でステルス・モードへと移行した。

鮮やかなものだった。ほんの一瞬で船体表面の色を変化させ、駆け出すようにスピードを上げ、台湾海軍が隊列を組む間を縫って、西へと進んだ。

ＣＩＣのメイン・スクリーンに、被弾した艦の写真が映し出されていく。

「ああ、こいつは駄目だな……。ブリッジを直撃されている。こっちはまだ行けそうだ。ヘリコプター格納庫を直撃されただけで、消火もうまく行っている」

近藤の判断では、廃棄処分にするしかない大破が三隻、ドックまで引っ張って行ければ、修理が可能な中破が四隻という所だった。

いずれにせよ、台湾海軍の、実働戦力の三分の一が、ほんの一瞬で鉄屑と化したのだ。

「こちらの戦果はどんなもんだ？」

「ソフトキルで、対艦ミサイルの七発を撃退、ミサイルで敵載闘機を二機撃墜、主砲で、敵戦闘機を二機、ミサイルを四発、ゴールキーパーで二発撃墜といった所です」

桜沢副長が、戦術評価データをリワインドしながら、淡々と報告した。

「うん。そんなものだろう。飽和攻撃も、遠距離からだと、ソフトキルに足下をすくわれるということだな。しかし、敵はいずれ学ぶ。複数方位からの飽和攻撃、高度差を持っての飽和攻撃と……。最後は、数が物を言う」

「台湾は間髪をいれずに反撃してくるでしょう」

早乙女が言った。

「私たちには、それを止める術がありません。台北は、そう簡単にはわれわれの言うことを聞いてはくれないでしょう」

「空自を中国海軍の上空に展開させればいい」

と近藤。

「それでは、中国の思うつぼですよ」

片瀬が首を振った。

「だが、放っておいていいのか？　全面戦争の引き金を引くことになる。中国海軍の防空能力では、浜に上がった鯨を狙うようなもんだ。ただミサイルを放てば命中する。海自にとっても損だぞ。何しろ、ソヴィエト崩壊以降、最大の仮想敵国だからな」

「どっちにしても、われわれが判断すべきことじゃない。外務省の領分でしょう」

「あまり時間は無いだろう。台湾は、中国海軍が何処に展開しているか知っているんだからな。上を見ても、一時間もあれば飛んで来られる」

「弾薬の補給を急がせましょう。われわれは、命令に従うだけです」

「フネを外洋に戻してくれ。ここは大陸棚の上だ。例の現象に遭遇する危険がある」

シーデビルは、その海域に三〇分留まった後、大陸棚を外れて、魚釣島の東南三〇キロの海上へと退避した。

結局、台湾軍の反撃を考慮して、近藤や、潜水艦救難母艦〝ちよだ〟のクルーが、即座に中国艦隊へ乗り込むという案には待ったが掛けられた。

外交部の宋文祥長官は、ドアを開けた秘書に「俺は出ない！　時間を稼げ」と怒鳴った。

日本の、外務大臣からの電話だった。内容は察しが付いた。自重してくれというものだ。

行政院大陸委員会委員長の李文良が、怒りに震えた顔で、「選択の余地は無い」と拳を握り締めて言った。

「私は何より、どうしてこう易々と、大陸の旧式戦闘機の侵入を許したのかを問いたい。空軍が報復を口にするのは、まず自らの責任を明らかにしてからでも遅くはない」

宋は、秘書にドアを閉めるよう命じてから、ソファに腰を下ろし、頭を抱え込んだ。

「七隻も殺られた。海軍は一〇年は立ち直れんでしょうな」

「大陸の戦力を過小評価し続けたツケだ。とにかく、起こったことを悔やんでも仕方が無い。後は、どう収めるかだ」

「収めるも何も、空軍はたぶん、無傷で大陸の艦隊を撃破できる」

「おいおい、大陸委員会のボスがそんな不見識な発想じゃ困る。今、われわれが、どれほどの権益を大陸に持ち、どれほど密接な経済関係にあるか考えてくれ。大陸の部隊を全滅でもさせてみろ。これまでの投資がパーになる。いいかね？　大陸は、台湾が大陸から出ていっても痛くも痒《かゆ》くもない。その後を、韓国や香港マネーが埋めるだけだ。だが、われわれの投資が無駄になったからと言って、誰かが賠償してくれるわけじゃない」

「失った軍艦、失った人命……」

「たかが鉄の船など。人命は貴重だが、高い授業料を払ったと思えば済む」

「軍も国民も、そんな言い訳で納得しますかね……」

「人間はすぐ熱くなる。だが、熱が冷めてみれば、どうしてあんな早まったことをしでかしたのかと、後悔する羽目になる。後悔する前に気づくのが文明人というものだ」

宋長官は、顔を上げて天井を仰いだ。

「総統からの命令ですか？」

「そう受け取っていい。沈没している潜水艦には生存者がいる。もしわれわれが敵の艦隊を全滅でもさせてみろ。国際舞台で、台湾の暴虐行為を非難する格好の材料を与えることになる。何しろ連中は、あそこで示威行動を取っているのではなく、単に救難活動を行っているのだからな」

「では妥協点を探すしか無い。同数の軍艦を沈めるとか。海軍参謀長は何と？」

「そんな都合良くことが運ぶものか。黄提督は、今頃、空軍参謀長と刺し違えているんじゃないのか？　もし大陸に報復するのであれば、まず空軍参謀長を首にしてからだ、連中は約束したんだからな。ミサイル一発、艦隊には接近させないと……。しかし、それがベターかも知れない」

宋は、そのアイディアに考えを変えたみたいだった。

「……たとえば、少数精鋭でもって、ほんの二、三隻を沈めるとかなら、総統もご了解下さるかも知れない。いずれメディアは真相を暴き出すだろうからな。まったく報復しないというわけにも行かない」

「一、二機でもって？　あるいは、一隻、二隻で？　敵の猛反撃に潰されますよ。大陸がバカじゃないことは、この攻撃で解った」

今度は、逆に李が、疑念を示した。

「戦争はそんなに簡単じゃないと思いますがね」

「なんだよ……。あんたが言い出したんだぞ、妥協点を探せと。とにかく、軍に検討させる。色好い返事を遣すまで、軍に勝手な真似はさせん。復讐の前に、責任をはっきりさせて貰う」

どうにも我慢ならない事態だった。この国で冷静な頭を持つのは、総統と自分たちぐらいのものだなと宋長官は思っていた。

大陸を相手に全面戦争を仕掛けたからと言って、勝って得られるものは何も無かった。

同じ頃、斗南無湊を乗せたボーイング767旅客機は、那覇空港へとアプローチを始めて降下を続けていた。

「面倒なことは全部俺に回ってくる……」

それが、機内からタラップへ一歩踏み出した時の、彼の第一声だった。空自のイエローホークに乗り、そのままシーデビルへと向かった。

円形の防御陣形を取らせた艦隊の中央部に位置する〝哈爾浜〟のCICで、皆が白い歯を見せて友軍の戦果を祝う中、曹提督は、兵の気分を引き締めねばなるまいと思った。

「諸君、何も喜ぶべきことはない。われわれの上空にいる、ほんの六機か八機のフランカー戦闘機で、その一〇倍の数は繰り出してくるだろう台湾空軍の攻撃を阻止できるわけでもない。そして、彼らの対艦ミサイルは、われわれのシルクワームより優秀だ。彼らの艦艇の防空システムは、われわれのそれより二〇年は進んでいた。にもかかわらず、あれだけの犠牲を払う羽目になった。その結果を重く受け止めなければならない。この時代になっても、艦艇はまだまだ航空機に対しては脆弱過ぎるのだ。われわれはたぶん、台湾がその気になれば、一隻とて生き残れないだろう。味方の戦果を喜べるような状況ではない。そのことを肝に銘じよ」

「株で儲けた後、どっと税金が押し寄せるようなものだ」

上海市弁公室特別経済顧問の李志は、ちょっと滑稽な格好をしていた。ライフベストに鉄兜というのはまだしも、右手にはマグライト、左手にはバールを持っていた。いざという時、この暗がりから脱出するためだった。

最初は、皆笑っていたが、今では、その生存本能を理解はしないまでも、同情はしていた。

政治の世界で生き延びるというのは、それほど厳しいのだと実感させられた。余人にとって、滑稽であることに変わりはないとしても。

「博士、せめてバールぐらいどこかに置きたまえ。重いだろう」

「結構です、提督。私なんざ、いざという時足手まといになるだけですからね、せめて自力で脱出する術ぐらい確保しておきますよ」

「相手がミサイルならまだしも、ほんの数秒で沈む羽目になっては、君の努力も、あまり役立ちそうには思えないがね」

「もしそれが自然現象なら、逃げればいい。人間が相手だとそうも行かない。ヘリはまだ見えないんですか？」

李は、対空レーダーの操作員を背中越しに見ながら言った。

「本当に来るのかね？　沈むと解り切ったフネに」

「来ますよ。今頃、交渉すべき相手が誰であるかを知ったのは遅すぎましたがね」

「われわれは今、日本を相手に交渉などできるような立場には無い」

「経済の話をするだけです。連中が望んでいるのは金儲けですからね。話は早い。軍人同士の話よりは平和的に片づきます」

「なら結構。台湾が攻めてくる前に、その使者が訪れて、しかも台湾を阻止できるだけの交渉結果が纏まることを祈ろう」

「任せて下さい。経済官僚は、一〇〇万の艦隊に匹敵するということをご披露しますよ」

どう考えても、それだけの時間を稼げるとは思えなかった。言う方も、聞く方も、その思いは同じだった。

海洋調査艦海洋11号型〝海洋13号〟のモニター・ルームで、ジャスティン・マローは、彼が海軍に入った頃のような、旧式マシーンと格闘していた。

部屋の中央に仁王立ちになり、彼がまっとうな海洋学を時々レクチャーしてやったことのある若い士官連中をどやしつけながら悪戦苦闘していた。

地質鉱山部海洋資源課の劉振研究員が入ってきた時も、「まるで失業対策だな」と呟きながら、動かないオシロスコープをばらしていた。

「何が失業対策なんです？」

「この非効率で、旧式な軍隊さ。こんなもんで資源調査だ海洋調査だと言っている連中の気がしれん。台北で漁船を雇って出かけた方がまだましだ。これじゃまるでヒットラーの軍隊だな。存在し、国民を養うことにまず意味があった」

「われわれはナチスと違う。だいたい、軍の人員は精鋭化に伴って減っているんですよ。それに、このフネの士官をぞんざいに扱うのも止めた方がいい。彼らが徴兵を終えて民間へ出る時には、もみ手で迎える連中がいるんですから」

「皆エリート揃いなんだろう？　上海大学だの香港大学だの出た。なのに、どうしてオシロスコープの一つもまともに整備できんのだ？　俺が教えたことを三日で忘れる。こいつらは、株屋に就職してデリバティブで稼ぐことしか頭にない。今与えられた仕事すら満足にやろうとせん。お前さんの国は上から下まで、こんな調子だ」

確かに、その場にいる士官連中は、特に悪びれた様子も無かった。まるで整備兵の仕事だといわんばかりの仏頂面だった。

「ちょっと来てくれ。艦長がお呼びだ」

「今でなきゃいかんのか？」

「ああ、今だ」

「手を拭いた方がいいか？」

「いや、ハッチの取っ手に触らないなら、そのままでいい」

埃で汚れた指をタオルで拭いながら、マローが付いて来る。劉は、ブリッジへは向かわず、彼らに宛がわれた部屋へと向かった。

「で、話は何だ？　ここから逃げようという話かい？」

マローは、大方内密の話だろうと見当を付けていた。

「逃げた方がいいと思いますか？」

「バカじゃねぇのか、お前さんら。ミサイルを抱いたミラージュが攻めて来るんだぞ。それなのに、戦果一〇隻だの二〇隻だの。それだって信じられたもんじゃない」

「そんなことは無いさ。現に、レーダーに映る戦闘機は友軍のものばかりだ。われわれも無傷だ。大陸だっていつまでも人民戦争じゃないからな。それはいい。フランス領事館からの言《こと》づてが届いている。スナッチと話が付いた——。スナッチってのはなんだ？　動詞だろう。ひったくるとか、かっぱらうとかの意味を持つ……」

「ヤンキーは、チャンスを摑むとかいう意味でも使うな」

マローは、このフネに乗り組んで以来、初めてニヤッとした。

「どういう意味なんだ？」

「軍にいた頃、西アフリカ沖で、ちーとばかりダーティな仕事をやったことがある。その時に使ったスラングだよ。まだ冷戦の最中だったが、俺達はロシアと手を組んだ。もし、潜水艦でもいるんなら、そいつの援護射撃が得られるよう手はずを付けたということだろう。まあ動いている潜水艦がいるかどうか解らないから、ウラジオ辺りから爆撃機を飛ばして来るのかも知れないが。そこまでするかな……」

「勝てるのか？」

「勝てる？　台湾にかい？　冗談は止せ。連中は、一〇〇機を超える最新鋭機を鼻先から飛ばして来るんだぞ。勝てるわけはない。ほんの一時しのぎにしかならない。それに、もし潜水艦が来るとしてだ。そいつが対馬海峡を抜けてくるんなら、日本に察知されずには済まない。爆撃機なら、中国領土上空を通過させるという手もあるが、たぶんそれは無いだろう」

「どうして？」

「潜水艦なら、国籍を隠せる。だが、戦闘機や爆撃機はそうも行かない。今のロシアは、それほどのリスクはおかさないだろう。ひょっとしたら、スパイ衛星の写真を一枚遣して、協力したと言い張るかもしれんが……」

「やっぱり拙いと思うかい？　このまま進むのは？」

「いや、実は俺は安全だと思っている。このフネが現場海域に到着する頃には、何もかも終わった後さ。一隻とて浮かんでいるフネはいないだろう。きっと、その頃には日本が救難活動を展開中のはずだ。だから、われわれは安全だ」

「安心していいのかどうか迷うな……。そうなったら、われわれはどうすればいいんだい？」

劉は、コンビネーション・デスクの椅子に腰を下ろしながら沈んだ表情を見せた。

「金門馬祖で、また砲撃戦でも始まるんだろう。台湾人は厦門から引き揚げ、上海じゃ、株の仲買人がビルから飛び降りることになる。注意しなきゃな。ビルの真下を歩く時は」

「中国の発展に台湾の技術とマネーは不可欠だ」

「なら、くだらん火遊びをしなけりゃいい」

「われわれの資源だ。台湾は買えるだろうが、中国には余計な金はない」

「ま、その内、頭を冷やせとアメリカが出てくるだろう。それまでこのフネが無事ならいいさ。潜水艦の乗組員が救出されれば、沈没原因もはっきりする」

「そうだな……。うまくいくことを祈ろう。しかし、士官の取り扱いは気を付けてくれ。彼らはエリートなんだ。自分たちより年上とは言え、下士官や兵卒の前で罵倒されることに慣れていない」

「俺は君たちに必要な知識を教育する。やがて君らが必要とする技術だ。もし、今後も資源探査を外国に委ねるつもりなら、別に学ぶ必要はないがな。台湾の連中は、もっと真摯に学ぶ。国を捨てられた連中と、捨てられない連中の違いだろうがな」

「彼らはまだ若いんだ、ムッシュ。国の大きさを、自分たちの実力だと錯覚している。いずれは学ぶ時が来るさ」

「この問題には、あまり時間は無いぞ。君だって、せっかく買った自家用車をお飾りにしたくは無いだろう。だったら、バカどもを蹴たぐってでも、前へ進ませることだ」

それができていれば、わが国は台湾以上の発展を遂げているのにと、劉は思った。

ＵＮＩＣＯＯＮの裏方にして国連上級スタッフの肩書きを持つ斗南無を乗せたイエローホークは、シーデビルに着艦すると、シーバッグを担いだ客人を降ろし、燃料を補給して引き返して行った。

斗南無はブリッジでは無く、CICへ直行し、桜沢副長から過去数時間に発生した事態の説明を受けた。

その頃には、救難母艦〝ちよだ〟を発したMH－53Eシードラゴン掃海ヘリが、ESMレーダーによって捕捉されていた。

「救難チームも向こうへ行けってことですか？」

「らしいわね。一度はストップが掛かったけど。士官公室へ行って下さいな。早乙女さんがお待ちよ」

「何でまた……」

斗南無は、げんなりした顔をした。

「そんな顔をしないで慰めてやりなさい。何があったかぐらい知っているでしょう？」

「相手が二十歳そこそこのネンネなら慰めてやらないでもないが、彼女がどんな目に遭遇しようと、飢餓が収まるわけでもないし、紛争が解決されるわけでもない」

「一人の女すら幸せにできずに、世界平和を説いても誰も信用しないわよ」

「またそんなことを言う。大きなお世話ですよ」

やれやれだった。部族の長を丸め込む術は知っていても、女を扱うのは未だに苦手だった。

勝手知ったる艦内を移動して、彼がいつも利用している左舷側の士官用個室にシーバッグを放り込み、士官公室に顔を出した。

近藤一佐と片瀬艦長、海保の権益を代表して水沢亜希子一等海上保安士、そして外務省の早乙女がいた。

斗南無が末席に就くと、片瀬が近藤一佐を紹介した。

「噂はかねがね聞いている。技術屋なんで、君の海自時代の物語にはあまり興味は無い」

「いろいろ言う奴はいるが……。と続くんでしょう?」

斗南無は、その皮肉には慣れていた。

「まあね。いずれにせよ昔話だ。こうして一人の日本人が、世界を舞台に活躍しているという事実を素直に受け入れるべきだと私は思う」

「有り難うございます。所で、沈没の原因に関してですが、やはりブローアウトだと?」

「その後、中国側とやりとりして解ったことは、間違いなく自然現象で、それは今も現場海域で続いているらしいということだ。砂が流れるような、奇妙な音が今もはっきり観測されている」

「われわれも危険なわけですね」

「いや、もし現象のピークを過ぎていれば、その周辺においては、そう危険は無いと思う」

「解りました。いろいろあったんだって?」

斗南無は、唐突に隣に掛けた早乙女に向かって囁《ささや》いた。

「おいおい……、デリカシーの無い奴だ……」

片瀬が窘めた。

「知らん顔をするのもどうかと思いまして」

「ええ、いろいろありました。私もこの歳になれば、浮いた話の一つぐらいはあります。壊れることもありますから」

早乙女は、まるで、誰のせいだと言わんばかりのきつい視線で答えた。

「いずれにせよ、それはプライベートなことです。この事態が無事に片づいたら、詳しくお話しします。もし知りたければ」

「あいにく興味は無い」

繋ぎのフライトスーツ姿の亜希子が「あーあ……」とため息を漏らした。

「ま、それはいい。確かに後回しにして欲しい話題だ。メイヤは何か言ってきたかい?」

処置無しとみた片瀬が、話題を戻した。

「いい顔はしないでしょう。UNICOONの任務は、予防外交の執行にあり、新聞の一面を飾るような事態は、その失敗を意味しますからね。それでなくとも、国連に敵の多いメイヤです。少なくとも、日本の国連安保理常任理事国入りが半年早く達成されるという夢が遠のいたことだけは確かです」

「まだ挽回のチャンスはあるわ」

「七隻もの軍艦を失い、今解っているだけでも、三〇〇名もの水兵が死亡または行方不明だ。まだ増えるだろう。これで戦争にならない方がおかしい」

「じゃあ、貴方は何しにのこのこと出てきたのよ？」

「説得しに。それが俺の仕事だからな」

「策はあるかね？」

片瀬が質した。

「今度ばかりは何も。強いて挙げれば、潜水艦乗組員の救出でしょう。彼らが、船舶との衝突ではなかったと証言すれば、北京側は戦争の口実を一つ失う。しかし、これでは台湾の攻撃を防ぐことはできない。いずれにせよ、潜水艦乗組員の救出は急務です。いつまで船体が持つか解らないし、もし北京側に証拠隠滅の意志があれば、救出活動が妨害される危険もある」

「交渉相手に関する情報はあるの？」

早乙女が尋ねた。

「上海市弁公室特別経済顧問の李志。やり手だよ。西側ナイズされた考えを持つ。世間知らずな坊やだが、その強引さで受けている。たぶん、外務省の中国課には、彼のシンパが山ほどいるはずだ。いろいろ有利なことはある。われわれは彼のパーソナル・データを持っているが、少なくとも、向こうにはわれわれの情報はない。君だって中国とは縁がなかったからな」

「もし、君らが向こうへ行っている間に台湾からの攻撃を受けた場合には、われわれが防御手段を提供することになるが」

「その必要はないでしょう。それに間に合わない」

「いや、間に合わせるさ。一時間後ならどうにもならないが……。それに、君一人ならともかく、外交官も一緒となると知らん顔もできない。ただ、完璧な援護は無理だと思ってくれ。ミサイルを補給する時間は無いし、防御にも限界はある」

「シーデビルの能力を疑ったことは無い。もし付近にいて貰えるのであれば心強い。裸でマストのてっぺんに立ちますよ」

インターカムが鳴り、片瀬が席を立って自分で受話器を取った。

「……それ以上のことは解らない？　しかし、つい朝までＰ－３Ｃがこの辺りを回っていたんだ。後で検討してみよう」

受話器を置いて、「ロシアの原潜が消えたらしい」と告げた。

「沖縄のソーサスが北上するのを三日前捕捉していたが、対馬のソーサスに引っかからないそうだ。情報収集のために引き返したのかも知れない」

「動いているんですか？　ロシアの潜水艦が」

早乙女が首を傾《かし》げて尋ねた。

「うん、ナホトカの軍港で錆び付いているのは、あれは表の顔でね……」

と近藤が答えた。

「たとえ九割の潜水艦がそういう状況にあっても、残りの一割は動いている。でなければ、技術と練度を維持できないからね。だから、今動いている艦艇は、極めて優秀と言える。気を付けてくれ艦長。航空優勢の無い中で対潜ヘリを飛ばすのは危険だからな」

シードラゴンの羽音が響いてくる。

「衛星無線機を持って行ってくれ。ただし、スクランブラー無しの奴だが」

「ええ、いざという時、暗号技術を抱いたまま沈むわけには行きませんからね」

「ライフベストとマグライトも忘れないでくれよ。艦内での避難経路も。いつまたあの現象が発生するか解らない。正直言って私は、戦争よりそっちの方が怖い」

近藤がそう告げると、斗南無は出されたコーヒーをひと口だけ飲んで腰を上げた。

「話が纏まるとは思えませんが、深夜には迎えをお願いすることになるでしょう」

「ああ、台湾が動こうが動くまいが、近くにいるよ」

着艦デッキへ出ると、シードラゴンは、ローターを回したまま燃料補給を受けていた。

作業着姿の男がキャビンから降りてきて、整備員に何事かを話しかけていた。

「練馬《ねりま》君、何を持って来たんだ？」

近藤が、辛うじて会話ができるハッチの影で尋ねた。

「S－8のⅡ型です。すみません。整備工具を忘れまして、〝ゆきかぜ〟のものを拝借します」

〝ひびき〟の救難班リーダーを務める練馬元春《もとはる》三佐が、作業帽を脱ぎ、額の汗をタオルで拭いながら答えた。

「S－8？　いいのかいあんな新しいものを」

「掃除用の噴霧ノズルが付いています。斜めになっていると聞きましたから」

「攻撃を受ける恐れがある。失っても大丈夫だろうな？」

「ええ。人間はともかく、もう一基の完成品が那覇へ向かっていますから」

「見通しは？」

「厳しいですね。もし前後の傾きだけならともかく、左右にも傾いているとなると、DSRVの接舷自体が無理かも知れない。ちょっと、実際に潜ってみないと解らないでしょうが。近藤さんも行くんですか？」

「ああ、一刻も早く、沈没の原因を突き止めたい。心配するな。このフネが、一応は守ってくれる」

　整備員が、工具箱を持って走ってきた。

「じゃあ行こう」

　近藤を先頭に、早乙女、斗南無が乗り込む。シードラゴンが搭載する、本来の掃海具の代わりに、魚雷型をしたロボット潜水艇がキャビンの中央に鎮座していた。長さにして三メートル。後部の両舷に、シリンダー型の二本の全駆動スクリューが装備されている。もちろん前方には、二本のマニピュレーターが装着されていた。

　給油が続けられる間に、近藤は、そのレクチャーを練馬三佐に求めた。

「どのくらい潜る？」

「七〇〇メートルです。深深度用には、別の奴がありますから。このマニピュレーターで、だいたいのことはやってのけます。機雷処理を含めて」

「噴霧は何でやるんだね？　ガスか？」

「はい。高圧窒素ガスです。スクリュー圧での運用も考えたんですが、威力が今ひとつなので。しかし、深すぎると水圧に負けますから、使えるのはせいぜい三〇〇メートルぐらいです。あと、アセチレン・バーナーも持っていて、一〇分間の運用が可能です」

「自立運行は？」

「基本は、ここに巻いたケーブルによる誘導ですが、もし通信が途絶した場合は、ケーブルを切断し、自立浮上します。プログラムによっては、そのまま沈底破棄も可能です」

「サメが電磁波に吸い寄せられて、ケーブルを嚙むことはないの？」

「いえ、それほど強い電磁波は出しません。電力を送っているわけじゃありませんから。データ通信に使うだけです。だからここまでケーブルを細くできたんです」

細いと言っても、五ミリぐらいの径はあった。

給油が終わると、シードラゴンはただちに離艦し、高度二〇〇フィート近辺を、ゆっくりと五〇〇〇メートルほどまっすぐ北上した。

彼らが離艦した位置を悟られないためだった。外はすでに夕闇が迫っていた。

五〇〇〇メートル離れた所で、ほぼ直角に曲がり、高度を三〇〇〇フィートに上げて中国艦隊への針路を取った。

同時に、シーデビルは五〇ノットにスピードを上げて、中国艦隊へのルートを取った。

幸い、台湾にまだ動きはなかった。

シードラゴンが、旅湖型駆逐艦〝哈爾浜〟に到着した時には、完全な日没を迎えていた。

沈没地点を囲むように円形陣を組む艦隊は、もちろん灯火管制下にあり、着艦する寸前に、〝哈爾浜〟が、ようやく舷灯を点けてくれた。

司令公室に案内され、曹海軍少将と李志と握手する。

「もしテーブルがよろしければ、士官公室を準備しますし、後で移動してもよろしいですが？」

首席参謀の黎石孫中佐が英語で告げた。残念ながら、彼に関するデータは何処にも無かった。

しかし、曹提督もある程度英語を喋ることは解っていた。

「まず、沈没潜水艦の発見にご尽力頂いたことを感謝申し上げます」

「極めて幸運でした。しかし、実際に助け上げないことには、その喜びの意味もない」

一行を代表して近藤が喋った。練馬三佐だけは、すでに後部デッキで潜水艇の準備に掛かっていた。

「一つお伺いしたいのだが、国連と日本政府は、この問題には同一歩調を取るのですか？」

李が険しい視線を浴びせながら尋ねた。

「国連の意志が優先します。しかし、執行機関を持たない状況なので、日本政府の協力を仰ぐという形です」

斗南無が答えた。

「執行機関を持たない？　ではブル・メイヤの部隊は何なのです。斗南無さん。貴方もそのメンバーのお一人のはずだが？」

「公に存在しない物は、非公式にも存在しない。そうご理解下さい。それに、その問題は、この事態の核心ではない。付け加えると、私自身は、日本が主張している経済専管水域内におけるあなた方の海洋調査にも興味は無い」

「ちょっと貴方――」

隣で聞いていた早乙女が横やりを入れた。

「余計なことを言わないで頂戴。それは外務省の領分で、われわれは一度として中国の違法行為を容認したことはありません」

「容認したことは無いだって？　新聞社が、ボーリングしたガスが燃えている、中国がチャーターしたフランスの掘削調査船の写真を持ち込んだ時には、後生だから、そいつを記事にするのだけは止めてくれと泣きついたくせに」

「余計な波風を立てないためです。外務省には外務省の考えがあってのことなんですから」

「後にしろ、二人とも」

近藤が苦々しい顔で窘めた。

「言うまでもなく、われわれは尖閣における日本政府の主張を容認する気は更々ないし、われわれはこの海域において必要な行動を取る権利を無制限に有している」

李が穏やかに言った。内部対立を抱えた連中を丸め込むなど容易《たやす》いことだと思った。

「結構なことです」

斗南無が構わずに言った。

「ただし、無制限にという発想は改めた方がいい。現代においては、いかなる国家も、国際世論は無視できない。とりわけ武力行使に関しては、不寛容な時代です」

「台北に言ってやるんですな」

「もちろんです。国連は公平がモットーです。たとえオブザーバー資格しか持たずとも、たとえ常任理事国だろうと、紛争に際しては公平に接します」

「私が話をすべき相手は、日本政府では無く、貴方ということですかな？　ミスター・トナム」

「そうです。しかし、あまり冷たくしない方がいいでしょう。昼間の戦闘では、台湾軍は大打撃を受けたが、中国空軍もかなりの航空戦力を失った。もう一度はできても、二度目は無いし、この艦隊を守れるかも疑問だ。それに比べて、台湾空軍は、一〇度かそこいらは、この艦隊を攻撃できる戦力を保持している。それを阻止できるのは、日本だけです。それも忘れないことですな」

「覚えておきましょう。日本からは、何かと学ぶべきことが多い。それで。何を求めます」

「いったん艦隊を引き揚げた方がいい。安全のために。潜水艦乗組員の救出には、日本が責任を持ちます。ここで、この艦隊を失うのはいかにも拙い」

「そりゃあ、仮想敵国を失う日米は困るでしょうな」

「現実問題としてですよ。フランカー戦闘機がいかに優秀といえども、倍の数の戦闘機には敵《かな》わない。ほんの数機が防御ラインを突破すれば、この艦隊の防空能力では、とても対応できないでしょう。皆の安全と、中国の利益のためです。一度失った海軍を再建するのは時間が掛かる。その間、あなた方は南沙で後退を強いられるかも知れない。ここで面子に拘って貴重な戦力を失うか、単純な損得勘定です。それ以上の判断は求めない」

「われわれにも面子はあります。台湾の目前に展開していて、はいそうですかと撤退はできない」

黎中佐が答えた。

「それであなた方は何を得るんです？　全面戦争を繰り広げた所で、お互い戦力と人命を失うだけだ。台湾は、大陸の労働力を必要としているし、大陸は台湾の資金を必要としている。ばかげたことです」

「皆がそれに気づいていればミスター、戦争など起こらない。軍備など必要ない。残念だが、われわれにそれを決定する権限は無い。北京に直接言いでもしない限りは。われわれはそんなに優秀な民族ではないが、一三億もの人間がいれば、そこそこの人材を集めることはできる。北京には、そういう連中がいて、いつも損得勘定をしている」

「そんなに優秀じゃ無い。バカばかりですよ」

李が横から反論した。

「とにかく、彼らが撤退を命令しない限り、われわれはここを動けない。撤退すべき理由が見つからない限りは」

「潜水艦の乗組員を救出して、その沈没が船舶との衝突で無かったことを証明すれば？」

「海中を航行中で、沈没が水上艦との衝突で無かったという証言はすでに得られている。しかし、原因が特定されないことには、ただ自然現象だったでは国民は納得しない」

「今は謎でも、いずれは解明されるでしょう。日本とやり合うのならともかく、中国人同士でいつまでいがみ合うつもりですか？　来世紀には、国境なんて意味を無くすのに」

「北京のバカどもは、そうは考えない」

黎中佐が、「ほどほどにして下さい」と李を窘めた。

「では、一つずつ片づけましょう。まず、潜水艦乗組員を片づけ、この自然現象の謎を解明する。艦隊の安全に関しては、関知しない。所で李博士、われわれは潜水艦の様子を確認したら引き揚げます。ご同行なさいますか？」

「いや、私は残らせて貰う。私がここにいれば、日本政府もむげには扱わないでしょう。何しろ、上海が誇る英知ですからな。艦隊や水兵なんぞいくら失っても補充は効くが、私という才能はかけがえが無い。守った方が無難ですよ」

「妙な所で愛国心を発揮なさるんですね。貴方はもっと合理的な考えをなさる方だと思っていた」

「水兵と一緒に暮らしたせいで、情が移ったんです。非合理的なことは百も承知している」

李は、自分でもそんな台詞が出てくることに驚いた。もちろん、後々大いに後悔する羽目になった。

第七章　救難任務

練馬三佐は、後部デッキでS－8ロボット潜水艇の準備を終えると、ランチャーから放り出すだけにして、近藤を呼び出して貰った。

斗南無と早乙女を司令公室に残した近藤が、赤色ライトに導かれて後部デッキへと辿り着くと、その空間だけ、操作用モニターの灯りが点っていた。

「行けるか？」

「行けますが、いいんですか？　このフネからやっちゃって。作業中はいっさい回避行動はできませんよ。カッターの上からでも操作できないことは無い」

「われわれがフネを離れるのは無理だろう。来てしまったからには、われわれは人質だからな」

「いざとなったら、こちらでケーブルを切断します。フロートが付いていて、ケーブルの海面部分は浮くように設計されていますから、あとで回収は容易です」

「ほう。便利なんだな」

「ええ。戦場での使用が前提ですから、掃海作業中でも回避行動を取れるように考えました」

黎中佐が現れ、「準備はいかがですか？」と尋ねた。

「問題有りません。すでに、水中電話用のマイクとスピーカーも用意しました。そちらで、モニタリングに付き合って下さる士官を用意して頂ければ、いつでも始められます」

「映像の録画は可能ですか？」

「もちろんです。ビデオ機材一式持って来ました」

練馬が答える。

「ではお願いします。われわれが手伝うことは？」

「まず、フネは停止状態なので、あとは、このまま海流に流されないよう願います。そして、ランチャーを海面まで延ばして、そのレールの上からこいつを海中へと滑らせます。それを手伝って頂きます。もし、大型のモニターを準備して頂ければ、そちらへもケーブルを繋げますが？」

「ヘリ格納庫で良ければ、すぐ準備させます」

中佐は、先任士官を呼び、直ちに作業を命じた。

S－8は、一トンを少々超える重量で、本来ならクレーン作業を必要とするものだった。それを、てこの原理を応用して、ランチャーからの人力による上げ下ろしを行うものだった。

S－8が、海面へと二本のガイドレールを滑り落ちて行く。

この後は、潜水艦が沈没している地点まで、真っ逆様の姿勢で潜って行くのだ。

近藤は、練馬三佐の背後に立って、八インチ程度の小型モニターに注目した。マップ・データが、ジャイロの情報を読みとり、ロボット潜水艇の位置針路情報を描き出して行く。

「三分で着きます」

練馬三佐は、障害物探知用のソナーを入れた。

黎中佐が、その間にヘリ格納庫で、29インチの大型テレビを用意させた。

「ライトを点けますよ」

S－8のフラッドライトが点けられた瞬間、小さなどよめきが上がった。もちろん、何が映ったというわけでは無かったが。

「何処からアプローチします？　今、S－8は、すり鉢上の斜面に沿って降りています。このままだと、潜水艦の尾部に到着するはずです」

「そのままでいい。とりあえず、見えるものからチェックしよう」

やがて、海底が見えてくる。何かが滑った跡があった。

「拙いな……。滑っているぞ」

練馬は、ジョイスティックのスピード・コントローラを操作して、スピードを少し落とさせた。

　海中に浮かぶスクリュー部分が見えて来ると、潜水艇を心持ち浮上させて、523号のデッキを見下ろすように進んだ。

「だいぶ砂を被っているな。しかも傾斜が酷い」

「おかしいな。海底の砂とは別物ですよ。まったく色が違う。何処から流れて来たんだろう」

「進んでくれ……」

　司令塔が見えてくる。

「船尾が浮き上がっていると同時に、ずり落ちているのか……」

「ある程度の浮力は残っているんでしょう。しかし浮上させるほどじゃないみたいですね。一方、艦首はすり鉢の底へと滑り落ちている」

「エアの漏れは無いみたいだな」

「ちょっと、司令塔回りを一周します。衝突痕を探します」

もちろん、そんなものは何処にも無かった。しかし、司令塔の上にも、うっすらと砂が積もっていた。

　更に、司令塔部分を降りて前方へと進む。特に船体に大きな損傷は見られなかった。ほとんど無傷と言っても良かった。

「エアが微かに漏れていますね。しかし、浸水した前部区画からで、これは許容範囲内の漏れです。どうします？　一応、見るべき所は見ましたが？」

「中佐に聞くよ」

近藤は着艦デッキへ上がって「中佐！」と叫んだ。

「どこか希望のチェック箇所はありますか？　そこを重点的にサーチさせますが」

黎中佐が、格納庫から出てくると「鮮やかなお手並みです」と謝意を述べた。

「われわれは完全に満足しています。少なくとも、衝突による事故で無いことははっきりした。後部の脱出トランクの位置をお願いできますか？　ハッチが動かない理由を調べたい」

「解りました。直ちに」

今度は、中佐も近藤に続いて、第二甲板へと降りてきた。

「船尾がかなり浮いてますね。もし脱出トランクがどうにもならない場合は、サルベージしか無い。那覇から、今二隻を呼び寄せてますが、こちらは到着がぎりぎりになる。何もなくても」

「可能だと思いますか？」

「いや、やってみないと何とも言えませんな。潜水艦のサルベージなんて、われわれはやったことがない。深度も、作業には適していない。いったん船尾をつり上げ、海中に釣り上げて作業が容易になった段階で水平を取り、海面まで持ち上げないと。たぶん、それだけで二日がかりの作業になります。順調に運んだとして。少々無理をしてでも、脱出ハッチをこじ開けた方が早い」

　S－8が、後部デッキへと回され、脱出トランクの辺りを照らす。しかし、一センチ近い砂が降り積もっていて、良く解らなかった。

「その辺りだと思うんですが」

「ガスでブローしてみます」

　窒素ガスが噴霧され、瞬間、砂埃が舞って視界が遮られる。しかし、海流のせいで、埃はほんの三〇秒ほどで消え去った。

　白いペイントで囲まれた丸いハッチが現れる。

「外から見る限りでは、異常は見あたりませんね」

「マイクはどの辺りに仕掛けますか？」

「船体の側面です。干渉を防ぐために、スピーカーを右舷側に、マイクを左舷側にセットします」

「あとで、そのケーブルを救難艇が巻き込む恐れは？」

「ケーブルはありません。全て水中電話の要領で、音波のやり取りですから。しかし、そのせいでバッテリーの問題はあります。ワンセットで七六時間が限界です」

「三日も有ればどうにかなることを祈りましょう」

S－8は、右側のアームにスピーカーを、左側にマイクを下げていた。それぞれマグネットで、船体に吸着する仕掛けになっていた。

練馬三佐は、ピンマイクのジャックを操作パネルに繋いだ。

「今はS－8が中継していますが、トランスポンダーを海中に放り込めば、水上と直接やり取りができます。どうぞ、中佐。呼び掛けて下さい」

黎中佐は、ごくりと生唾を飲み込んでから、海中の遭難者へ向かって呼び掛けた。

「諸君、こちらは、首席参謀の黎中佐だ。聞こえているか？」

どよめきが、スピーカーからはっきりと伝わってくる。

「ああ、済まない。喋るのは艦長だけにしてくれ。艦長は無事か？」

「こちらは、高鹿野艦長です。まるであの世からの声みたいだ」

「いずれ、君たちを現世に引き戻す。全員元気にしているかね？」

「炭酸ガス濃度が上がっているせいで、全員頭痛を抱えています。しかし、まだ死ぬほどじゃない。そちらはどんな様子ですか？」

「了解した。海面は凪いでいる。日本の救難母艦の先遣隊が、ロボット・カメラで船体の様子を確認し、マイク一式を取り付けてくれた。救難母艦自体の到着が遅れているが、明日の朝までには着くはずだ。そしたら、早速救難活動に移る」

中佐は、敢えて、その到着が遅れている理由に関しては述べなかった。

「それでだ。さっそく脱出トランクのハッチ周辺を確認したのだが、特に異常は認められない。救難艇が来る辺りで、少々荒っぽい手法に訴えてでも、ハッチを開けて貰うことになるかも知れない。よろしいか？」

「了解しました。所で、われわれは沈没直前から、何やら炭酸ソーダの発泡音のような音を聞いています。この辺りの海底はどうなっているんでしょう？」

「ここ自体は、すり鉢構造で、君のフネは、何度か沈み込んだ様子だ。だが、最深部でも二〇〇メートルしか無いから、深海に落ち込む危険は無い。砂の正体は解らないが、何かが噴出している可能性はある。しかし、それがどのくらい救出に危険を及ぼすかは解らない。そんな所だ」

「了解しました」

「この水中無線は、ずっとこちらでモニターできる態勢を維持しておく。また動きがあったら教える。状況は決して明るいわけではない。酸素消費に留意しつつ、平静にその時を待ってくれ。以上だ」

黎中佐は、下とのやり取りを二人の日本人に語って聞かせた。

「いったん浮上させますが、よろしいですか？」

練馬が尋ねた。

「ええ、結構です。バッテリーの再充電などは、この艦でできますか？」

「ええ、問題ありません。こちらで電圧変換できるよう設計してあります。家庭用電源から、工業用電源まで、世界中のあらゆる過酷な現場で使用できるよう考えましたから」

練馬は、誇らしげに答えた。決して安くは無い代物《しろもの》だが、今、その性能がいかんなく発揮されているという事実が、技術屋として無上の喜びを与えていた。

司令公室に残った面々は、士官公室へと移動し、テーブルを挟んでの協議を続けていた。

「日本の根本的な間違いは、われわれがどれほどの資源を必要としているか解っていないということですよ」

李は穏やかに言った。

「率直な所、一〇年後、わが国がどれほどの消費大国になっているのかすら、正確な予測はできないんですから」

「ここに眠る資源が、まともな生産量を持っていると仮定して――」

「仮定じゃない」

李は苛だたしげに遮った。こんな話を一からしなければならないというのがもどかしかった。

「われわれはすでに何本も試掘した。そちらが主張する経済専管水域内でね。海上保安庁の船舶や飛行機が何度も飛んで来て写真を撮って行ったはずなのに、お国の外務省からは、抗議の電話一本貰ったことは無い」

「そんなことはありません。われわれはきちんと抗議しています」

早乙女が反論した。

「しかし、口先だけではねぇ……」

李は、せせら笑うように言った。

「われわれはもちろん、その調査船を撃退する権利も有していましたが、大人ですから、そんなことをする必要を認めなかっただけです。野蛮人ならともかく、口で説明できない相手とも思えませんので。お国は何しろ、日本より伝統ある文化と政治を有していらっしゃるでしょう？」

「まあとにかく、われわれはこの海域において、そこそこの埋蔵量のある天然資源を確認している。石油にガスにと。深海で、掘削技術の無い南沙に比べれば、遥かに簡単にそれを入手できる」

「その簡単にというのは疑わしいですな」

斗南無が言った。

「その掘削リグは、たぶん外国製で、それは、産出する原油の儲けをチャラにするぐらい金が掛かるでしょう」

「私はそうは思わない。もし中国が、とんでもない石油消費国になったら、再び原油市場は高騰し、オイル・パニックが来る」

「いやいや、博士。そんな事態は絶対にありえません。理由は簡単です。七〇年代、西側は石油文明に依存しきっていた。しかし、中国が石油消費大国としてオイル・マーケットを左右する時代には、西側はすでに脱石油社会を実現しています。自動車の半分は電気で動き、石油原料の製品はリサイクルが徹底しているでしょう。オイル・パニックの再現はあるかも知れないが、それで泣くのは、恐らく第三世界と、中国自身です。貴方がたが南沙の深度三〇〇〇メートルより更に下の海底に眠る原油を必要とする時代は永遠に来ない。その頃には、中国だって、脱石油に動き出していますよ。貴方ともあろうお方が、その程度の予測はついて当然でしょうに」

「そんな夢みたいな話には乗れない。少なくとも今のわが国の現状ではね。だいたい、ここはまだ大陸棚の端なんだ。地理学的にも――」

突然、サイレンが鳴り響いた。

曹提督が腰を上げる。

「来たか⁉　李博士、お二人と一緒に艦尾に行きたまえ。魯大尉、三人を後部デッキへ。身を挺して彼らを守れ」

「はい提督」

「いざとなったら、海へ飛び込めばいい。誰かが拾ってくれる。ライフベストを忘れるなよ！」

快活に喋っていた李が、絶句して首を振った。

「やせ我慢するんじゃなかった……」

「それと、海面ではマグライトは使っちゃいかん。この辺りはダツというサメより獰猛な魚がいる。そいつは光を見ると突進する性格があってね、良く漁師がそれで絶命する。胸に飛びかかって、そのまま心臓を食いちぎって背中から抜けるんだ」

「冗談は止して下さいよ」

「冗談なものか。海の中では、人間は支配される側だ」

曹提督は、彼らより先に飛び出してＣＩＣへと走った。

三人は、提督の副官の魯大尉に導かれて、揚収作業を行っている第二甲板の後尾へと走った。

上空を飛んでいたフランカー戦闘機の羽音が消えていた。

「フランカーが西へと飛んで行ったみたいだ。すまんが、このロープを引っ張ってくれ」

近藤一佐が、ロープを握って四苦八苦していた。

「下はどんな様子です？」

斗南無が聞いた。

「厳しいな。傾きがかなり大きい。接舷は難しいだろう。だが、衝突の痕跡が無いことだけははっきりした」

暗闇の中、S－8を艦尾に引き揚げる。サイレンが鳴り、〝哈爾浜〟は機関全開で前進し始めた。

「さて、シーデビルが間に合ってくれればいいが……」

近藤は、ライフベストのひもを固く結びなおした。

「日本人が乗っているのに、君たちの軍隊は救援に来ないのかね？」

李が早口で質した。

「来ないこともない……。しかし、大規模な支援は無いだろう。博士、われわれは中国海軍が、アジアから消えていなくなることを望まない。それだけははっきりしている。心配はいらんよ」

近藤が答えた。しかし、もちろんシーデビルの姿はどこにも無かった。

突然、海面を切り裂くように、ミサイルが発射された。〝哈爾浜〟の南側にいる艦からだった。

「駆逐艦〝珠海〟です！」

ミサイルが雲間に吸い込まれて行く。

「斗南無君、シーデビルを呼んだ方がいい」

「大丈夫です。彼らはすぐそこまで来ています」

「こちら黎中佐です。侵攻勢力は、超低空で突っ込んでくるのが八機、上空の、恐らく戦闘機部隊が二〇機程度と思われます」

スピーカーから、中佐が状況を報告した。

「意外にこぢんまりとした部隊だな」

「全滅させる意志は無いという意味でしょう。八機程度なら、シーデビルでどうにか阻止できる」

〝哈爾浜〟が、ジグザグ運動を始めるのが解った。各艦の位置関係が、分単位で入れ替わる。薄い雲が張っているせいで、今どの方角へ進んでいるのか判断するのは難しかった。

「外れたな……」

ミサイルが、緩やかな放物線を描いて海面へと落下して行くのが見えた。続いて二発目が発射される。

「四時方向、シースキマー・ミサイルです！」

斗南無が指さして叫んだ。マッチの残り火みたいな感じで、赤い点が向かってくる。

「何処へ向かっている？」

「一番でかい目標です。揚陸艦ですね」

そのミサイルの前方へと向かって、対空砲弾が発射された。だが、手遅れだった。

雄風Ⅱ型ミサイルは、揚陸艦〝漁亭〟（四八〇〇トン）の横腹へと命中して爆発した。

火柱が空中へと立ち上る。

その爆発音は海中の遭難者へも伝わった。何が起こっているかは、すぐに解った。

雲の中で爆発が起こった。どちらかの戦闘機が墜落した模様だが、どちらの戦闘機かまでは解らなかった。

早乙女は、斗南無の後ろに立ち、男の肘を摑んだ。彼女には、為す術が無かった。


シーデビルのCICでは、ショルダー・ハーネスを締めた上で、桜沢副長が次々と新しい目標をコールして行く。

シーデビルは、すでに電波封止を解除し、全てのセンサーをフルに作動させていた。

「最接近目標ノベンバー、ターゲットはフォックストロットの模様です」

「連中が乗っているのはどれだ？」

と艦長。

「フォックストロット、〝哈爾浜〟です」

「距離二〇〇〇〇では、ミサイルで行くしか――」

「間に合いません」

「そうだよな……」

シーデビルは、六〇ノットで疾走していたが、今スタンダード・ミサイルを発射しても、撃墜は間に合わなかった。

だが、幸いそのノベンバー目標は、〝哈爾浜〟の手前一〇〇〇〇メートルで爆発してくれた。

「続いての脅威、マイク。こちらは間に合います」

「連中は何発ミサイルを抱いてきたんだ。マイク迎撃せよ」

シーデビルは、ミサイルを背後から追いかけるような位置にいた。

亜希子は、ブリッジで、身を乗り出しながら「何あれ……」と呟いた。前方に、巨大な炎の塊があった。

インターカムを取り、CICを呼び出した。後部VLSからスタンダード・ミサイルが飛び出して、海面を一瞬照らし出した。

「艦長、モニターを艦首に切り替えて下さい。奇妙な炎が見えます」

「被弾したフネじゃないのか?」

「いえ、ちょっと違います」

桜沢副長が、船首テレビ・モニターの映像を、フラットト・スクリーンに映し出す。

「なんだ⁉　これ……」

「海面で油が燃えているみたいですね……」

「あと三分で突っ切ります。針路修正しないと」

「さっきミサイルが爆発した辺りじゃないのか？」

「ええと……、そうですね」

「拙いぞ⁉　取り舵二〇度。艦内対ＮＢＣ防御！　汚染警報を出せ。各部ハッチ確認。ブローアウトだ！　あのミサイルは、ブローアウトが起こっている真上を飛んだせいで、充満したガスに引火して爆発したんだ」

艦が傾き、加速度で身体が締め付けられる。時速一〇〇キロで急回頭した日には、ちょっとしたジェットコースター並みのＧが掛かった。

「二分の一、減速！」

「しかし――」

「こんなスピードでブローアウトに突っ込んだら、海底に突っ込む前に水圧に負けて艦が押し潰される。時速一〇〇キロでコンクリートにぶつかるようなものだ」

スピードががくんと落ちて、更に身体が振り回される。

「かなり変わった色ですね。青白い炎です。色温度が高いのか……」

「つまり油の類いじゃないってことだ。何かのガスだろう。そうなると、下にあるのは原油じゃなく、天然ガスの可能性がある」

しかし、その間にも、台湾軍の攻撃は続いていた。

「ゴールキーパーの射程距離内に〝哈爾浜〟を収めておけ。主砲、調整破片弾、目標ホテルを迎撃せよ」

左舷方向に、燃えさかる揚陸艦が迫ってくる。シーデビルは、その一〇〇〇メートル後方を三〇ノットで抜けた。更に減速中だった。

シーデビルが転針したせいで、スクリーン上での目標の位置関係が大きく変わった。

「あの海面に脅威目標オスカーを宣言。半径一海里を危険範囲とする。もし中国艦隊が接近するようなら注意してやれ。まさか近づくとも思わないが……」

更に速度が落ちて、ソナー音がクリアになって行く。

「こちらソナー、広範囲に亘って不規則なシグナルを探知中。海底噴気と思われます」

「何処が危険なんだ？」

「そこいら中です」

「くそ……、速度を二〇ノットで固定しろ」

「危険です艦長。ガスを吸って、煙突の中で爆発でもしたら、台湾海軍の二の舞です」

桜沢副長は、接近するミサイルへ主砲弾が命中するまでの時間をストップウォッチで計りながら、後退を進言した。

「中国海軍はここからしばらくは撤退できんだろう。なんで〝哈爾浜〟はこんなコースを取っているんだ⁉」

危険水域へと接近していた。

「回避行動か、あるいは揚陸艦救助ではないですか。衛星電話で斗南無さんを呼びますか？」

「急げ。面舵二〇。第一波攻撃はしのいだな？」

「はい。ミサイルを叩き落としただけですが……」

「それでいい。当分攻撃が無いことを祈ろう」

シーデビルは、中国艦隊の間を抜けると、Uターンした。空中に、すでに戦闘機の爆音は無かった。

台湾空軍のミラージュ戦闘機は、対艦ミサイルを発射すると、さっさとブレイクしてフランカー戦闘機から逃れた。

それを護衛していたチンクオの部隊は、フランカー戦闘機と一戦まみえる結果になり、二機を失い、一機を撃墜していた。

〝哈爾浜〟の後部デッキで、練馬三佐は、イヤホンを魯大尉に渡して、下からの通信を翻訳させた。

「また滑っていると言ってます。しかし、もう止まったようです。ノイズが酷いですね」

「うん。障害物が間に入っている。たぶん、砂か何かだろうと思うが」

「大尉、危険だ。急いで後退した方がいい」

近藤が、海面の青白い炎に注目しながら言った。

「魯大尉！　早くブリッジに伝えてくれ。こんな所で死ぬのはまっぴらだぞ」

李が耳元で怒鳴った。

「はあ。しかし……。攻撃もひと段落したようですし」

「潜水艦の上に沈んだんじゃ洒落にもならん！　さっさと走れ」

その時、斗南無が足下に置いた衛星電話が鳴った。

「逃げろということだろうな」

腰を下ろし、点滅しているランプを頼りにおもむろに受話器を取る。

「こちら斗南無です」

「桜沢です。その辺りは危険です。一刻も早く離脱するよう中国側に進言して下さい」

「こちらでもそう考えていますが――」

「ワ⁉」

突然、早乙女が斗南無の袖を掴みながらひっくり返った。艦が、突然左舷に傾いた。床を衛星電話のアタッシェケース型本体が滑って行く。

斗南無を含めて、全員が、一瞬にして足を掬われた。四〇度以上、フネが傾いて行く。

斗南無は、床を滑りながら、「フネが沈んでいる！」と受話器に向かって叫んだ。傾きながら、確実に〃哈爾浜〃は沈んでいた。波が壁のように眼前に迫って来る。誰かの叫び声が聞こえた。ウイングから投げ出された見張り員の、助けを求める声だ。だが、すぐ波間に消えていった。

「みんな！　ベストのボンベを開けて、何かにしがみつけ！」

近藤が叫ぶ。更に傾斜が増し、波に浚《さら》われようとした寸前、斗南無は早乙女の胸に手を伸ばし、ライフベストを膨らませるボンベのリングを引いた。そのリングに手が掛かったまま、二人は海面へと吸い出された。

シーデビルでは、暗視カメラが、五〇〇〇メートル前方で急激に傾いて行く〃哈爾浜〃を捕捉していた。

「沈むのか……」

いた。

だが、〝哈爾浜〟は、徐々に態勢を回復し、喫水を戻して行った。

桜沢が、その隣で衛星電話に呼び掛けていた。もちろん、すでに回線自体が切れていた。

「ウイングに人影が無い。落ちたみたいだ」

副長は、電話を諦めて受話器をシートの肘掛けに戻した。

「溺者救助に向かいますか?」

「と言ってもな……」

「こちらブリッジ、人が落ちたような感じがしましたが。飛びますか?」

荒川三佐だった。

「いや、待ってくれ。かなり濃密なガスが漂っている。最悪の場合は、その場で爆発して木っ端微塵《こっぱみじん》、良くて、エンジンがフレームアウトして墜落だ。ヘリの出動は、少なくとも夜間は無いものと思っていい」

「了解です。一応、待機します」

「デッキには出ないでくれ。いつこっちがああいう目に遭うか解らないからな」

「〝哈爾浜〟から、溺者救助の命令が出た模様です」

「ああ。彼らに任せておこう」

シーデビルは、落下したのが斗南無らだとはまだ気づかなかった。

近藤は、ずぶ濡れの状態で立ち上がった。恐怖の余り、足ががくがく震えていた。

斗南無と早乙女がいないことにはすぐ気づいた。

李博士は、へたり込んだまま動こうとはしなかった。練馬は、下とのコミュニケーター・ボックスを守り抜いてほっとしていた。

「練馬君、日本語でいいから、そいつを使って、シーデビルに救援を求めてくれ」

「え？　水中電話でですか？」

「ああ、付近にいればソナーでキャッチするはずだ」

「了解――」

〝哈爾浜〟は減速せずに、一刻も早くそのエリアから離脱すべく速度を上げていた。

練馬は、機械がまだ動くことを確認してから、マイクのスイッチを入れた。

「こちら練馬より〝ゆきかぜ〟へ。斗南無、早乙女の二名が転落、至急、捜索活動を請う。もし、こちらのメッセージが聞こえたら、霧笛一回で応答願いたし」

三回、呼び掛けると、霧笛が返ってきた。

「距離四〇〇〇から六〇〇〇という所だな……」

「海底まで引きずり込まれたら、いくらベストを着ていても……」

「いや、そんなはずはない。すでに現象は収まり掛けていた。そんなに深くは潜らなかったはずだ」

「しかし、もし無事なら、信号弾とか撃つでしょう」

〝哈爾浜〟からは、走り去った海面の様子はもう見えなかった。

斗南無は、海底まで引きずり込まれるかと覚悟した。身体があっという間に沈んでいく。沈むというより、落ちるという感触だった。

圧迫感はさほど感じなかった。それを感じた瞬間、水圧で息苦しさを覚え、身体が浮上し始めた。

海面に顔を出すと、燃えさかる揚陸艦の炎に、離れていく〝哈爾浜〟の艦尾が照らされていた。すでに三〇〇メートルは離れていた。

次に、妙な臭いに気づいた。ガスの臭いだと思った。

丁度自分の背中に早乙女が浮かんでいた。気を失っていた。

背中の後ろを左手で持ち上げながら、鳩尾《みぞおち》の辺りを右手で押し込む。それでも意識を戻さないので、思い切り頰を叩いた。

早乙女は、気が付いた瞬間、思い切り水を飲んでしまい、激しく咳き込んだ。

「ブル・メイヤが聞いたら、お前さんの救助費用だけで外務省から一億ドルぐらいふんだくるよ。何も死に急ぐことは無い。たかが男にふられたぐらいのことで」

「……こんな時に、気が滅入ることを言わないでよ……」

早乙女は、辺りを見回し、自分たちが置き去りにされたことに気づいた。

「私たち、本当に助かったの？」

「今はね。ウイングから落下した見張りを探さなきゃ。ここにいてくれ」

「ちょっ、ちょっと置いていかないでよ⁉」

「大丈夫だ。海流が速いせいで、危険なエリアは脱した」

「そうじゃなくて……、一緒にいた方が安全でしょう」

「日本の面倒を見ている暇はない。ロータリークラブに入りたいんなら、自分の身の処し方ぐらい、自分で決めてくれ」

「日本の面倒じゃなくて、私の面倒ぐらい見てくれてもいいんじゃないの？　せめて友人として」

早乙女は、その暗闇の中で怒鳴った。

「知人、友人としてなら、考えないでもない。ゆっくりでいい。付いて来てくれ」

斗南無は、考え直して泳ぎを止めた。

「そちらもゆっくり泳いでよね」

幸い、海面は静けさを取り戻していた。斗南無は、〝哈爾浜〟のデッキから流されたと思われる標的ブイのフロートを見つけると、フラッシュ・ライトを紐で、旗竿の部分に巻き付け、スイッチを入れた。かなり明るいランプが瞬《また》き始める。

自分で手に持っていた方が確実だが、彼もダツは怖かった。

「ええと……。西はどっちだ？」

方位磁石付き腕時計の文字盤をそのライトに照らして、ゆっくりと泳ぎ始めた。もし無事なら、一〇〇メートルほど西側に、水兵たちが落下したはずだった。

「どうして破談したんだい？」

「気にしてくれるの？」

「ただの退屈しのぎさ」

「教えて上げるわよ。どこかで脚色されたストーリーを吹き込まれるよりはましですから。見合いしたのよ。相手は、とある保守党議員の次男坊で、私はあまり気乗りしなかったけれど、ワシントン時代にお世話になった大使からの話だったせいで断りきれなかったの。それに、次男坊だから、別に父親の地盤を継ぐというような話も無さそうだったから。話はトントン拍子に進んで、一応婚約まで行きました。でも、結局私に男を見る目が無かったのね。初めてベッドインしたら、いきなり妙な薬を持ち出すのよ。びっくりしたわ。その時は合法ドラッグという話だったけれど」

「やったの？」

「セックスという意味なら、イエス。薬という意味ならノーです。でも、もう婚約した後だったし、気にしないでおこうと思ったの。そしたらある日の朝、新聞を開いたら、政治家の二世グループでの麻薬流通ルート摘発の記事が載っていて、その逮捕者の一番上に、男の名前があったの。開いたままの口を塞ごうとしている間に警官が玄関をノックして、私は三日三晩、共犯者として厳しい取り調べを受けました。ええ、もちろん、穏やかな口調による取り調べでしたけれど」

「いいダイエットになったってわけだ。男を見る目が無いのは相変わらずだな」

「大きなお世話よ。あんな公家集団にいれば、いろいろと断りきれないことだってあるんですから」

「その公家集団の頂点にいるくせに自分で言うなよ。省内であれこれ言われるんなら、国連にくればいいさ。まあ、メイヤの下は止めた方がいいと思うが」

「貴方はそれでいいの？」

「何が？」

「一生、アフリカのサバンナを彷徨《さまよ》い、バルカン半島で弾の下をくぐり――」

「満足している。たぶん一〇年後も満足しているさ。家庭を持って、毎日電車に乗って帰るっていう柄じゃない」

「パートナーがいても損じゃないわ」

「ビジネス上のパートナーなら世界中にいる。セックス・パートナーなら間に合っている」

「あら、そうなの」

シーデビルの霧笛が鳴った。斗南無のフラッシュ・ライトを見つけたらしかった。しばらくするとボートのエンジン音が聞こえてくる。

「でも、私を助けてくれたのは、これで三度目よね？」

「たまたまだ。他意はないと思ってくれ。それに、君のような人材は、国連にとって金の卵だからな。明日にはさっそくメイヤは、この失態を詰《なじ》る電話を外務次官宛に掛けて、皮肉たっぷりに、お宅の役にも立たない外交官を助ける羽目になったと恩を売るんだ」

四〇メートルほど向こうで、波間に振られる腕が見えた。

シーデビルを発進した八メートル内火艇がサイレンを鳴らしながら接近し、まず、溺れている水兵二人を救出した。

内火艇の赤外線ライトが二人を見つけて接近してくる。

「あら、仲がよろしいことで」

桜沢副長が、浮き輪を投げながら微笑んだ。

「副長、そういう気分じゃない」

「人の災難だと思って……」

二人とも、うんざりした顔でボートに上がった。

「すみませんが、まず〝哈爾浜〟へ直行します。中国人をシーデビルに収容するわけにはいかないので」

広東語を勉強中の亜希子が、怯える水兵にインタビューしていた。

「落ちたのは、たぶん二人だけだそうです。行っていいでしょう」

「近藤一佐とかは無事なんですか?」

と早乙女が聞いた。

「ええ。水中電話であなた方が落ちたことを知らされて、慌てて内火艇を下ろしました。われわれの警報が間に合わなかったみたいで」

「急な現象だった」

すでに、海面での火災は収まっていた。ガスはあっという間に噴出して収まった様子だった。

「これじゃあ、潜水艦の救出もおぼつかない」

〝哈爾浜〟が、かなりの大回りで帰ってくる。

二人の水兵を〝哈爾浜〟へ乗り移らせると、練馬と近藤を収容してシーデビルへと戻った。

斗南無と早乙女がシャワーを浴びている間に、シーデビルは南東への針路を取り、救難母艦〝ちよだ〟と合流した。

〝ちよだ〟は、潜水艦の沈没海域へ三〇海里まで接近していた。護衛艦二隻が、エスコートに付いていた。第二護衛隊群主力は、そこから更に一〇海里後方にいた。

そこは大陸棚を外れた所で、まあ安全だと判断されていた。

二人が着替えを終わる頃、巡視船〝しきしま〟を発ったヘリが〝ちよだ〟に着艦し、同時に、那覇から出発した空自のイエローホークが向かっているという情報がもたらされた。

練馬は、〝哈爾浜〟で撮影した海底のビデオを持参していた。

〝哈爾浜〟から引き揚げた全員と、シーデビルから亜希子と副長が、コマンチによって〝ちよだ〟へと乗り移った。

全員が、士官公室へ集められ、那覇からの客人が到着するのを待った。

「何者です?」

「琉球大学の先生だよ。地球物理学が専門の、野間清治《のませいじ》博士。この自然現象の解答を持ってくる。その先生からの警告では、まず夜中は近づかない方がいいそうだ」

斗南無が尋ねると、〝しきしま〟から飛んできた芝田が答えた。

「どういう経緯で?」

「うちの管区本部で、ずっと先生を探していたんだ。この辺りの海底地形に詳しい。何でも国内にいないとかで、それ以上の連絡の取りようがなかった」

イエローホークから降りて来た背広姿の男は、良く日焼けして、首筋の辺りに、まだ赤い日焼けの痕が残っていた。

芝田が代表して全員を紹介しようとすると、「後にしましょう」と遮り、まずビデオを見せてくれと告げた。

二〇インチのモニターの前で、食い入るようにその映像に見入り、「なるほど」と膝を叩いて、用意されたホワイトボードの前に立った。

「連絡が取れなくて残念でした。実は、ムー大陸論争に決着を付けるために、ミクロネシアを放浪していたもので、今夜の最終便で那覇へ帰ったという次第です。もっと早く解っていれば、戦争の危険を回避できたんだが……」

博士は、英語をホワイトボードに書き殴った。

「メタン・ハイドレートと呼ばれる現象です。ブローアウトと似ているが、非なるものです。ブローアウトは人為的に起きる現象で、自然には滅多に起きない。こちらはまったくの自然現象です」

「聞いたこともない？……」

芝田が漏らした。

「いやいや、昔から知られた現象です。八〇年代には、その現象は広く知られていましたよ。日本でも、数名の地質学者が研究している。もっと早く事態が公になっていれば、名乗り出る学者もいたはずです。ただ、学問としては、ムー大陸と似たようなものでして、ちょっと際物《きわもの》扱いされていましてね、それで海洋現象として、認知されたとは言い難い」

博士は、海底面の断層図を描き始めた。

「海底には、いろんなガスが地中に閉じ込められた状態で存在します。メタンガスもそうです。これらは、低温で水の分子に閉じ込められ、ほとんどが硬い氷となって数千年数万年、海底の下に存在していました。世界中にです。それらは普段は極めて安定しています。元の物質は、石油や石炭と同様です。動物の死骸が積もり、それが低温と圧力で、メタン・ハイドレートへと変化する。日本にも、広範囲に亘って存在するエリアがあります。普通、大陸棚のエリアには存在しないと考えられていたが、定説が覆《くつがえ》る可能性があるでしょうな。

さて、温度や圧力に変化が起こると、それが崩壊して、一気にガス化して海面へと上ります。ドライアイスを水に投げ入れたと思えばいい。規模としては、ブローアウトの数百倍の面積とパワーで発生します。温度と圧力が変化する原因はいくつか考えられます。急激な海流の変化や地震などがそうです。

りますそして、それは莫大なバブルを発生させ、まず、その上を航海中の船舶に襲いかかります。浮力を失ったフネは惨めなものです。単なる板きれ、もしくは鉄の塊に過ぎない。ただ沈むしか無い。それが海女の嫉妬の正体です。この現象が際物として扱われるようになったのには理由がありましてね、それは、いわゆるバミューダ・トライアングルの謎を解く鍵として説明されたからです。このメタン・ハイドレートで、バミューダ・トライアングルに関する全ての謎を説明できる。たとえば、食事中のテーブルがそのままの状態で、乗組員が全員消え失せた幽霊船の謎がありますね。これも説明できる。フネがどんどん浮力を失っていく過程で、乗組員は何が起こったか解らずに、一斉に海に飛び込む。咄嗟の考えとしては賢明です。何しろ、凪いだ海でフネが沈む理由としては、船底に穴が開いたぐらいのことしか思いつかない。フネが沈み切る前に脱出しないと、渦に巻き込まれることになる。ところが、やがてフネは、その海域を脱して浮力を回復する。気づいた時には、フネは遥か彼方。人間はただ海面を漂うしか無い。もし、そのフネが動力船だったら、メタンガスを吸って煙突が大爆発。木っ端微塵になって、一瞬にして行方不明ということも起こりうる」

「先生、台湾海軍では、ほぼ炭化した乗組員の遺体が収容されています」

近藤が尋ねた。

「メタンガスが長い時間噴出していたか、あるいは他のガスが混ざっていた可能性がありますしかし、その軍艦の煙突が内部から爆発したことはこれで説明が付くでしょう？　飛行機も同様です。メタンガスは空気より軽いですから、ある程度の密度を持って空中を上って行ったと仮定し、その中に飛行機が突っ込んだとすると、良くてエンジンがフレームアウト、最悪の場合、これもエンジンが爆発して、その瞬間に墜落です」

「台湾の軍艦は磁石も狂っていた」

「ああ、それも説明できます。マイナスイオンを大量に含んだ水分が空気中に放出され、磁界が発生し、いろんな機器を狂わせるためです。別に空飛ぶ円盤のせいじゃない。このメタン・ハイドレートでバミューダ・トライアングルの謎を解明しようとしたら、UFO愛好家から総すかんを喰いましてね。しかし、そう何処でも発生する現象ではありません。やはりかなり特殊な地形と、海流などが関係します。ご承知のように、今この辺りは、地震の活発期に入っています。大きなものは無いが、微小地震はしょっちゅう起こる。それに、今年はエルニーニョのせいで、黒潮の蛇行にだいぶ変化がありました」

「予測することは可能ですか？」

「いや、無理ですね。昼間なら、上空から飛行機で見ていれば、海面の変色である程度は解るでしょう。海上からは、たぶん気づいた時には手遅れです。それに、海保は、この辺りの地質調査を許可してくれない。データが一切無いんです。何度か申請しているんですがね……」

「それは、私じゃなく外務省に言って下さい。波風を立てるなと主張して一切の学術研究すらさせないのは外務省ですから」

　早乙女は、皆の注視を浴びて「外交上の判断です」と素っ気なく答えた。

「所で、同じ場所で何度も発生する可能性はあるんですか？　潜水艦の回りでは、そういう現象が起こっています」

「解りません。それが事実だとすると、新発見かも知れない。隣で発生したメタン・ハイドレートが、付近の崩壊を促すのかも」

「何か、事前に、その現象を促す方法は無いんですか？」

「この現象は、温度と圧力によって起こります。だから、それを煽《あお》ってやればいい。海水温を上げるか、あるいは爆弾などで圧力を加えるしかない。ただ、相手は自然現象ですから、原爆で地震を誘発させられるかというような問題ですな。どっちにしても、まず夜は接近しない方がいい。この現象が夜間に集中する理由は、恐らく、昼間暖められた海水が、熱伝導と滞流現象で、夜になってようやく海底に、その温度を届けるからでしょう。しかし、昼間も安心しない方がいい」

「ところで、それは資源として回収可能なんですか？」

早乙女が尋ねた。

「どうですかねぇ。家畜の牛をどこかに閉じ込めて、メタンガスを回収した方が安くつくでしょう。マンガン団塊のように、海底に転がっているわけじゃないですから、回収方法が無いというのが現状です」

「先生、台湾や中国で、その現象に関して詳しい人間はいますか？」

芝田が尋ねた。

「いや、台湾にはいませんね。ただし、台湾人という意味でなら、確か台北大学からＵＣＬＡに研究員として留学中の知人に、詳しい人間がいます。中国に関しては、ちょっと……」

「その名前を教えて下さい。すぐ向こうで事情説明させます。それから先生には、中国艦隊の軍艦に乗り組んで貰う可能性があります。まだ事態が片づいたわけではないのでかなり危険です。無理強いはしませんが」

「向こうの地質学者を同席させて下さい。専門家同士の方が話が早く済む」

「解りました。そのように交渉します」

〝ちよだ〟は、第二護衛隊群主力の到着を待ち、遭難海域へとスピードを上げることになった。

その頃、潜水艦５２３号は、砂の海に埋もれようとしていた。

第八章　メタンの海

外交部の宋長官の目の前で、海軍参謀長の黄正声提督は、「話にならん！」と吐き捨てた。

「四隻は撃沈していただくという話でした。これでは約束が違います。海軍は、独力で以て、仇を討たせて貰います」

「一隻は燃えているんだろう？」

宋は、止めていたタバコに火を点けながら、おもむろに尋ねた。

「四隻という約束でした。だからこそ、われわれは報復を無能な空軍に委ねたのです」

「そうは言っても、君らは今大陸の連中とやり合うような戦力を持っているのか？」

「すでに、新鋭艦ばかり、一〇隻からなる臨時編成艦隊が釣魚台へ向かっております。被弾した艦の救難活動を行いつつの反撃は十分に可能であり、潜水艦も加わります。われわれは、空軍より確実な反撃を加えることができます」

「だいたい、なんで俺ん所に来る。国防部の領分だろうが……」

「国防部では、外交部の横槍だと怒ってますよ。話をするのなら、貴方の所へ行けと……」

「その連中に言ってやれ。総統の意向であり、国民の意思だと。シビリアン・コントロールがあるか無いかが、大陸とわれわれの違いだ。殴られたからと言って殴り返すだけでは、野蛮人と同じだ」

「そう遺族に言えますか？」

「文句なら空軍のバカどもに言え。責任は取らせる。だが、そこまでだ。その恨みを大陸へ向けても、われわれが得る物は何もない。いいか。怒りをコントロールできるのが文明人だぞ」

「せめて、所期目標を達成するまで空軍に作戦を続行させて下さい。総統の支持率にも関わることですよ。軍人とて、選挙では一票を持っていることをお忘れ無く」

　撫然とした態度で提督が出ていくと、「確かに、揚陸艦一隻では……」と、ソファに座っていた行政院大陸委員会委員長の李が漏らした。

「ミサイルは全部発射したんだろう？　四機で八発は持っていたはずだ。おかしいじゃないか？　中国海軍の防空能力で、八発ものミサイルをかわせるはずがない」

「例の、シーデビルでしょう。われわれを守ってくれたシーデビルが、今度は中国海軍を守ったとみていい」

「なぜ？」

「困るじゃないですか。中国海軍が全滅したら、日本だって海軍兵力増強の理由を無くす。まさか台湾や韓国では力不足でしょうからね」

「戦争をコントロールしようなんて不遜な考えだよ。日本人が、そんなことができると考えているとしたら、われわれは日本を見る目を変えた方がいいな」

「しかし、よろしいんですか？　中国によほどの痛手を負わせることができないと、われわれはいつまでも尖閣に海兵隊を置いておく羽目になる」

「そうなんだよな。曲がりなりにも、一応は勝ったという格好を付けなければ、一度展開した兵を引き揚げるのも難しい。ここはいかにしても空軍に結果を出して貰わねばな。気が重いよ。せめて、国民が全てを知らされる時には、ある程度の戦果を出しておかねば、われわれの責任問題になる」

どうせ、この結果に不満を持つ軍部が、今頃新聞社の電話番号を押している頃なのだ。全てが明らかにされるまで、そう時間は掛かるまいと宋は思った。


台湾海軍海兵隊第二海兵大隊に属する一二名の若者たちは、北小島で半日遅れの晩飯にありついていた。

戦争の最中に釣ったアラと、アワビだけが、唯一新鮮な食料だった。

「でかいよな、このアワビ……」

石中尉は、ただ湯がいて塩を振っただけのアワビに舌鼓を打ちながら、背筋を延ばして、時々辺りを監視した。

すでに台湾海軍の艦艇は沖合へと去り、また海上保安庁の巡視船が周囲を囲んでいた。

「まあ、誰も近寄りませんからね。ネタだけは何でも大きい」

金軍曹もいくらかくつろいだ表情だった。

「いいのかなぁ、俺たち。こんなにのんびりしてて」

海保の巡視船からの視線をひしひしと感じていた。連中には、自分たちがピクニックもどきのことをしているのが見えているはずだった。

「まあ、戦争なんてのはこんなものでしょう。ついさっきドンパチやっていたかと思えば、飯だ飯だと騒ぐ。とにかく、喰うものが無ければ、戦もできませんからね」

「くにへ帰れば少しは自慢になるかな」

「ええ。まあ、どっちにしても、ここはこれ以上の事態にはならないでしょう。空軍が報復して、もし大陸に余力があるようなら、台北か、どこかの基地、あるいは金門馬祖への報復でしょう」

「金門馬祖はともかく、本土は困るな。景気が悪くなる」

「あたしゃ、自分の部隊と家族が無事ならそれでいいですよ」

中尉は、巡視船から覗かれているのが気になって、食が進まなかったが、部下たちはそうでもない様子だった。

まるで、遊園地で野営訓練を行っているような態度で、つい昼間、銃弾の雨に晒されたことなど忘れたかのようだった。

「まあ、難しいことはいいか……。俺たち前線部隊は、ただ時間と闘って迎えが来るのを待てばいいんだよな」

「ええ、その通り。退屈が最大の敵ですからね。潮が変わったら、ひとつ大物釣りにでも挑戦しますか」

「うん。ぜひ大物を釣り上げて記念写真を撮って帰るとしよう。ま、上からはぶつぶつ言われるだろうが、海兵隊はそのくらい余裕があるってことを見せるのもいい。きっと日本人も国民も驚くぞ。こんな最中に、釣りなんかに興じていた図太い神経の連中がいたと知ったら」

一戦くぐり抜けた所で、中尉はすっかり歴戦の勇者の気分だった。生き残れそうだという自信が湧いていた。

午前四時、二列縦隊の第二護衛隊群に守られた救難母艦〝ちよだ〟（三六五〇トン）が到着した。

練馬三佐は、今度は〝ちよだ〟の艦上から、S－8を潜水させて下の状況を探った。

拙い事態が起こっていた。潜水艦523号の船体は、そのかなりが砂の中に埋まっていた。

「信じられないな……」

〝ちよだ〟のオペレーション・ルームで映像を見た野間教授が呻いた。

「ここでのメタン・ハイドレートの厚さは、どうも五メートル以上はありそうだ。考えられないことだ。この深さなら、海底付近の水温は一〇度はある。メタン・ハイドレートが安定して存在できる温度では無い。いや、すり鉢構造が幸いしたのかな。ここだけ冷え固まったままだったのかも知れないが……」

「かなり膨大な埋蔵量だということになるんですか？」

早乙女が尋ねた。

「うん。考えてみて下さい。中東から、LNGタンク船を数珠繋《じゅずつな》ぎにしたと思えばいい。そのぐらいの埋蔵量はあるでしょう。ただし、回収はかなりおぼつかないが。氷のまま砕いて吸い上げるしかない。原油や、その副産物としてガスそのものを吸い上げるのに比べて、効率的にあまりいいとは言えない」

「また現象が起こると考えられますか？」

「解りませんね。海保の測量船なら、海底のかなり下まで断層を調べられるんですが。そんな時間も無さそうだ」

「問題は無いかい？」

近藤が練馬に聞いた。

「何とも言えないですね。潜水艦が砂の中に潜ったせいで、両舷から、かなりの圧力を受けているものと思われます。それで、脱出トランクのハッチが歪んでいる恐れはある。しかし、逆も考えられます。最初、脱出トランクが動かなかったのは、潰れた前部からプレッシャーを受けたせいで、ハッチが歪んだのかも知れない。今は逆の作用で、開いたのかも知れない。いずれにせよ、ＤＳＲＶが下に降りるまで触らない方が無難でしょう」

「よし、すぐ掛かってくれ」

突然、潜水艦警報が鳴り響いた。

「くそ……、どっちの潜水艦だ」

各艦から、シーホーク対潜ヘリが上がる。

シーデビルが、その後を追って北へと向かい始めた。

海洋調査艦海洋11号型〝海洋13号〟（二九〇〇トン）も、中国艦隊の主力と合流していた。

中国地質鉱山部海洋資源課の劉振は、〝哈爾浜〟の迎えのヘリから、海面を漂う揚陸艦を眺めて、険しい表情をした。まだ暗い中だったが、海面に漂う数隻の救命筏を見ることができた。

〝哈爾浜〟のヘリ甲板に降りると、李志が出迎えてくれた。

髪はボサボサ、ライフベストに鉄兜、しかも愛用のポロシャツにジーンズを脱ぎ捨て、作業着姿だった。

「酷い格好じゃないか？ 博士」

「何をして酷いという？ この鉄兜か？ それともこのセンスの無い作業着姿のことか？」

李はぶすっとして答えた。

ヘリは、二人を下ろすとそのまま対潜活動へと離れて行く。

「君らしくもない。妙に海軍色に染まっていると思ってさ」

「二度も死にかけたんだぞ。台湾からのミサイルで死にかけ、一度は、突然フネが浮力を失って死にかけた。冗談じゃない！ なんで俺がこんな所にいるんだ？ 貴様がいるべき所だろうが？」

「俺は経済屋じゃなく、ただの官僚だ。交渉ごとも知らん。君ほど押しも強くない」

「日本から、地球物理学者が説明に来ることになっているんだが、どうも潜水艦が現れたらしい」

「北の方角なのか？」

対潜ヘリは、全て北側に展開しているようだった。

「ああ、そうだ」

「じゃあ、たぶんそいつはロシアの潜水艦だ。こっちの味方だよ。フランスが手配してくれた」

「味方？　本当に味方なのか？」

劉は、その会話をジャスティン・マローに翻訳して聞かせた。

「味方かどうか怪しいもんだな。もし味方なら、素通りして行ってくれるだろうからな。その実、俺たちを沈めて、大々的な反撃の理由を作らせるのが目的かも知れない。用心した方がいいぞ」

一海里ほど離れた所にいる日本の救難母艦から、ヘリが離艦するのが解った。この海域で、煌々と航行灯を照らしているのは、その救難母艦だけだった。

「今の内に俺が聞いておくべき話はあるか？」

「そんないい話は何もない」

三人は、いったん艦内へと引き揚げ、日本人一行が到着するのを待った。

〝哈爾浜〟の士官公室に招待されると、野間教授は、フランス人の両手に注目し、自分と似たような世界の人間であることを悟った。

「フランスは、尖閣の海域で大きな利益を上げるんでしょうな」

「国家としては儲けはない。企業は儲けるでしょうが。それがビジネスですからね。それに、フランス人はどうしてだか中国が好きだ」

マローは、他人事のように答えた。

「メタン・ハイドレートです。ここで起こっている現象は。貴方はご存じでしたね？」

野間は、そのフランス人に対して喋った。

「まあ、知らなかったと言えば嘘になる」

「知ってた？　知ってただって⁉」

李博士と、曹提督が同時に声を上げた。

「私はこの下らん戦争で二隻もの軍艦を失った。知っていただって⁉」

「厳密に言うと、認識していたわけじゃない？　なあ、劉」

「メタン・ハイドレートという単語が、私たち二人の間で出たことはない。少なくとも私は初耳です」

劉が落ち着き払って答えた。

「ボーリング調査で出てきた？」

野間が更に尋ねる。

「ああ。厚さにして、三メートルもの氷の層が出てきたことがある。コアから出した途端、まるでドライアイスみたいに激しく反応して蒸発したよ。もちろん、後には水しか残らない。だが、そいつがたぶんメタンだろうとは見当が付いた。しかし、説明が付かない。メタン・ハイドレートは、深度六〇〇メートル以上の、摂氏零度に近い辺りでしか生成されない。過去、そこで生成されたとしても、長い間の水温上昇で、とっくに融けだしているはずだ。こんな浅い、しかも温度が高い海域で、それが今まで融けなかった理由が解らなかった。最初はね」

「その理由が解った？」

「解ったとは言えないが、目処《めど》は付いている。間に、薄い粘土層が挟まっていた。二、三層。そんなに厚くはない。一枚の厚さは、ほんの数ミリだ。だが、熱伝導が酷く悪い。その粘土層がある所は、メタン・ハイドレートが残った。無い所はとっくに消え失せた」

「ほう、それは興味深い。いったんメタン・ハイドレートが形成された後に粘土層が出来たとは……。この辺りの隆起沈降と関係があるのかな。メタン・ハイドレートを温存できるような寒冷時期があったのかも知れない」

「なぜもっと早く教えてくれなかったんだね？」

黎中佐が穏やかに質した。

「第一に、自信が無かった。メタン・ハイドレートは、学会でも広く支持された現象じゃない。せいぜい、知られているという程度の現象だ。第二に、もしそれが事実なら、莫大なメタンガスが、この海底に眠っていることになる。そいつは、取り出すのは困難だが、これまでの定説を覆して、二〇〇メートル前後の、非常に浅い海域に分布しており、何かのブレイク・スルーがあれば、一気に回収を容易にする可能性を秘めている。もう少し慎重にことを運ぶべきだと俺は判断した。それだけのことだ」

「それは、日本や台湾と戦争してでも手に入れる価値があるものなのかね？」

「そいつはどうかな。広義の天然ガスではあるし、工業用での使い道は大きいだろうが、戦争してまで手にする必要があるとは思えない。その資源を手に入れたはいいが、そいつを掘り出す資金も、また工業製品を買ってくれる市場も同時に失うとあっては、メリットは無い。俺は無意味だと思うな。やるんなら、こっそりとやるべきだ。台湾はともかく、日本政府はこれまで目を瞑《つぶ》ってきたんだからな。今更文句を言う筋合いは無いだろう」

「たぶん、フランスがこの問題で儲けを出すことは無いでしょうね、永遠に。日本の外務省を代表して、そう断言します」

「ぜひ、行動が伴うことを祈りたいね」

日本側集団の上座に就く芝田が日本語で早乙女に言った。

インターカムが鳴り、黎中佐がそれを取った。

「……解った。手を出すな。全て日本側に任せろ」

「台湾か？」と提督が尋ねる。

「はい。また攻めてくる様子です。日本側の迎撃に艦隊防空は任せて、われわれは個艦防御に徹します」

「了解した。せめて、救難母艦の真横に付けて、本艦を盾にしろ。その程度のことはしないとな」

そろそろ、東の空が白み始める頃だった。


シーデビルは、大陸棚の端にシーホークが潜水艦を追い込むのを確認してから針路を戻した。

減速歯車を持つ原子力潜水艦、行方をロストしたロシアのアクラ級だった。

台湾空軍は、今度は倍の編隊を、時間差をもって繰り出して来た様子だった。

しかし、イージス艦がいるおかげで、シーデビルは高みの見物ができた。

沈没ポイントでは、すでに深海救難艇ＤＳＲＶの潜水作業が始まっていた。そのため、母艦はいっさい回避行動を取ることができない。

シーデビルは〝ちよだ〟を守るため、〝哈爾浜〟の更に南側に陣取って警戒し始めた。

片瀬艦長は、NBC防御態勢のまま、防空作戦を展開した。

いくら、この自然現象の原因が解ったとは言え、こちらに為す術が無いことには変わりなかった。

「まあ、くわえタバコで高みの見物という所だな」

艦長は、すっかりくつろいだ感じでCICでスクリーンを見下ろしていた。

「今度は少しは考えるでしょう。多方面からのアプローチとか」

桜沢副長が、手持ちぶさたに、両腕を組んだまま答える。戦闘中の彼女は、右手にスクリーンのコントローラ、左にはインターカムを握り締めているのが普通だった。

「ほら……、来たぞ。この真南からの二機は囮だな……」

だが、その二機はすぐ引き返していった。

「お？　チャフ・コリドーか……」

しばらくすると、レーダー画面に真っ白い帯が流れた。チャフによる壁が出来ていた。

第二護衛隊群のイージス艦〝こんごう〟（七二五〇トン）が、小刻みに周波数を変えるのが解った。

そのチャフのカーテンの中から、突然二機のミラージュが突っ込んで来て、四発のミサイルを発射した。距離にして二〇〇〇〇メートルほどだった。

「二発、行くみたいですね……」

〝こんごう〟は、まず二発のスタンダード・ミサイルを、より遠方の目標に対して発射した。

「手前は主砲迎撃かな……」

主砲の一二七ミリ砲が発射され、調整破片弾がミサイルの前方で炸裂する。

ほんの三〇秒で、四発の対艦ミサイルすべてが叩き落とされた。

「中国空軍の出足が鈍いみたいだな」

上空には、一機のフランカーもいなかった。

「昨日からずっとですね。たかだか四、五〇機では、限界もあるんでしょう」

続いての四機は、その間隙を突くように、西側から突っ込んできた。

〝こんごう〟は、イルミネーターと呼ばれる追跡用レーダー二基を装備する後部を南側へ向けていたため、慌てて針路を東へと取った。

その時、シーデビルは、ほぼ真西へと向いていた。

「さて、何発か獲物を貰おう。まず目標アルファを主砲弾で撃墜、ブラボーをスタンダードで撃墜。〝こんごう〟が撃ち漏らしたものをゴールキーパーで叩き落とす」

だが、〝こんごう〟もしぶといもので、回頭しながら、主砲弾で、そのアルファとブラボー目標を叩き落とした。

「こちらソナー。また海底でざわつきが聞こえます。メタン・ハイドレートです」

「くそ⁉　こんな時に。艦隊司令へ具申。ただちにイージス艦を下げられたし！」

「本艦は？」

「双胴船形式のシーデビルの方が、いざという時浮力はあるだろう。横倒しになる心配もない。この攻撃が終わるまで留まる。ＤＳＲＶはもう降りたのか？」

「そのようです」

桜沢は、通信室へのインターカムを取りながら答えた。


その時、ＤＳＲＶを操縦する練馬三佐は、潜水艦５２３号の後部デッキの中心線をモニターに捕捉していた。

周囲で、ビールを注ぐ時のような発泡音が響いていた。

「まずいな……」

真上から、近藤が呼び掛けてくる。

「ＤＳＲＶ、速やかに着底せよ。何処でもいい、メタン・ハイドレートが起こっている。巻き込まれる前に、どこか水平な場所に着底しろ！」

「着底しろって言ったってね……」

練馬は、とっさに、俯角《ふかく》を取って、潜水艦のデッキの上に着底した。艇が斜めに傾く。

「スカートの水を抜け！」

操作員に命じる。

「ハッチの上じゃありませんよ⁉」

「構わん。沈没するよりはましだ」

ＤＳＲＶの船底には、ハッチを覆うような構造で、大型のスカートが付いていた。潜水艦のハッチ部分に着いたら、それを密着させ、中の水を押し出すのだ。そうすれば、外からの水圧により、スカートは、デッキに密着してちょっとやそっとのことでは外れなくなる。

スカート内の水が抜かれて、ぴたりとＤＳＲＶと潜水艦が密着する。だが、前方にも斜めにも傾いているため、ＤＳＲＶは浮力を失うにつれ、徐々にずれ始めた。

海上では、もっと凄まじい光景が展開していた。

近藤は、〝哈爾浜〟のウイングから後方を見遣りつつ、「無茶な⁉」と呻いた。

シーデビルは、避難する〝哈爾浜〟に代わり、〝ちよだ〟の横へと移動し始めていた。

その〝ちよだ〟は、すでに第一甲板の辺りまで海水が迫っていた。

〝こんごう〟が、ミサイルを発射しつつ待避行動に移る。だが、一発のスタンダード・

ミサイルが、発射された瞬間に空中爆発を起こした。

シーデビルのＣＩＣで、片瀬が「拙いな……」と漏らした。

その瞬間、ミサイルの破片を浴びたのか、〝こんごう〟のレーダー類が一瞬にしてブラックアウトした。

「何発来る？」

「三発です」

「よし、主砲弾で迎撃する。ミサイルよりは安全だろう」

「主砲迎撃行きます。しかし、調整破片弾は、もう五発しかありません。二発叩き落とすのが精一杯です」

「くそ、エクスペンダブルＥＣＭを撃ちたい所だがな……」

「本艦の喫水、一メートル沈みました」

ミサイルを発射すれば、最悪の場合、点火した途端に、ＶＬＳ発射基ごと爆発する恐れがあった。

たちまち五発が発射され尽くす。

「チャフを発射しつつ〝ちよだ〟の前へ出ろ」

その瞬間、がくんという衝撃が船体を見舞った。

ブリッジにいた亜希子は、ぞっとする光景を見た。ステルス用を兼ねた格子模様の対爆シャッターの前を、魚が泳いでいた。

波がブリッジ前を洗っていた。

シーデビルは、沈んでいたのだ。

〝哈爾浜〟の視界からも、完全にシーデビルは見えなくなった。

「こちらブリッジ……、その……。たぶんわれわれは海中にいます」

機関パネルが、吸気停止を告げるアラームを鳴らしていた。

「参ったなぁ……。深度計ての は水上艦には無いからな。チャフ発射は間に合ったの？」

「はい。間に合いました」

艦長は、ブリッジへのインターカムを取った。

「深さの見当は付くかい？」

「海面はうっすらと確認できます。三〇メートル以上は潜ってないと思います。せいぜい二〇メートル程度かと。その辺りで安定しているようです。これ以上沈まないのであれば、じきに危険水域を脱するはずです」

その通りだった。

シーデビルが海中にいたのは、ほんの三〇秒程度だった。やがて、ゆっくりと、しかし確実に水面へと浮上していった。

「レーダー回復します――」

レーダーが回復すると、眼前にミサイルが迫っていた。

「回避間に合いません！」

「ESMぐらい行けるだろう。取り舵一杯！」

ほんの一〇秒で命中だ。敵のホーミング・レーダーを探知し、欺瞞電波を返しての回避が始まった。辛うじて間に合うのはそれだけだった。

偽のターゲットが、シーデビルの五〇メートルほど右舷に出現した。対艦ミサイルが、シーデビルのすぐ脇の海面に突っ込んで爆発する。

「他は？」

「上空に新たな目標です。空自のイーグル部隊ですね」

「やれやれ、今頃現れて手柄を言い立てられちゃ敵《かな》わないよな」

シーデビルは、速やかに現場を離脱した。〝ちよだ〟も浮力を完全に回復していた。


海中では、DSRVの格闘が続いていた。

脱出トランクのハッチの真上に接舷し、再びスカートの海水を抜く。

通訳代わりに乗り込む魯大尉が、レンチを持ってスカートの上に立ち、デッキをコンコン叩いた。

潜水艦523号の高艦長は、マグライトで、脱出トランクの下を走るパイプ類をもう一度確認し、最後に気圧計を読んだ。

「チェック漏れは無いよな？」

「ああ。これで開かなければ、われわれの未来は暗いものになるだろうな」

パドフ技師が、艦内から調達して来た鉄パイプを、下部ハッチのハンドルに突っ込みながら答えた。

「さて、いくぞ……」

一度力を入れて回そうとするが動かない。だが、二度目には微かに手応えがあった。

「行けるかな……」

三度目で半分ほど一気に回った。

「よし！　うまく行った」

トランクを開け、パドフ技師がまず脱出トランクに入る。そして、一度合図してから、上部ハッチを回して開けた。こちらは問題なく回った。

ハッチを開けると、大尉が上から見下ろしていた。

「曹提督副官の魯大尉であります」

「ああ、ご苦労大尉。私はいったん降りて、具合が悪い者から先に上げたい」

「了解しました。二回の作業で全員を救出できる予定です」

「うん」

ＤＳＲＶは、一時間を要して、生存者二〇名全員の救出に成功した。

台湾外交部では、宋長官と李委員長、海軍から、黄参謀長と、海軍査察官の史向明准将が宋の部屋に集まっていた。

アメリカからの学者の電話は、妙に明るく、それがまた現実離れした雰囲気を醸し出していた。

「インターネットで、いくつかの学術論文を当たってみました。現状の結論としましては、メタン・ハイドレートが、唯一、この現象を説明する合理的理由として考えられます」

史提督が説明した。

「それで、国会や国民を納得させられると思うかね？」

「ええ。間違いなく国民を納得させられるでしょう。さして疑問はありません。それに、いささか喜ぶべき状況でもあります。莫大な量の天然ガスが、この辺り一帯に眠っていることも明らかになりました。電話にあったように、回収は難しいでしょうが……」

「では、そういうことだ。速やかに尖閣に展開中の兵を引き揚げさせたまえ」

「しかし――」

黄参謀長が反駁《はんばく》した。

「何か利益があるかね？」

「このまま居座れば、われわれは尖閣の資源を手に入れられます」

「領有の主張なら、今後もできる。われわれはロシア人じゃない。それに、つい昨日まで日本が実効支配していた所だ。たかが尖閣程度で、日本のナショナリズムに火を点けてもメリットは無い。今日中に、撤退させろ」

「承伏しかねます」

宋長官は、「そうかい」という顔をした。

「なら、勝手にするがいい。犠牲を払うのは海軍の勝手だ」

彼にとっては、すでに危機は去ったも同然だった。二度に及ぶ攻撃で、空軍は結果を出せなかった。結局、何も得るものは無かったのだ。この期に及んでは、いかにこれ以上犠牲を払うことなく、事態を治めるかだ。

宋は、人払いすると、東京への電話を取った。

午前九時、〝ちよだ〟に救出された潜水艦乗組員が、全員〝哈爾浜〟に収容されると、海上自衛隊を代表して、第二護衛隊群司令が曹提督と会談を持ち、中国艦隊の撤退が協議された。

中国側が提示した条件はただ一つ、尖閣海域からの台湾海軍の完全なる排除だった。

もちろん、海自側に異存は無かった。午前一〇時、犠牲者を追悼する簡単なセレモニーが行われた後、中国艦隊は、針路を西北へと取った。

シーデビルも、それを受けて魚釣島南方へと移動し始めた。メタン・ハイドレートは、ほぼ完全に収まった様子だった。

エピローグ

第二護衛隊群の九隻の護衛艦は、海上保安庁の巡視船と、台湾海軍のフリゲイトの間に割って入ると、主砲を、魚釣島方向へ向けさせた。

早乙女は、外務省を代表し、一人で台湾海軍のフリゲイト〝西寧〟（三五〇〇トン）に乗り込んだ。

基隆艦隊総司令官、孟立民海軍少将を始めとする台湾海軍のお歴々を前に、毅然とした態度で挑んだ。

「本日中に、全兵力を引き揚げて貰います」

「お嬢さん、日本の軍事力がアジア随一であることは認めるが、いかんせんここは、沖縄からすら遠すぎる。われわれはその気になれば、台湾海軍の全兵力を投入することができるのですよ」

海兵隊を指揮する朱大佐が、嫌味のない笑顔で告げた。

「第一に、私はお嬢さんではありません。ここには、特命全権大使という肩書きで伺っております。第二に、われわれは台湾軍の戦力を大きく評価しています。優秀なる空軍、傷だらけながらも、新鋭艦揃いの海軍戦力。しかし、賢明なる孟提督なら、あなた方が持っていらっしゃる全艦艇より、わが海上自衛隊の一個護衛隊群の方が優秀であることをご存じだと思います。われわれは現在四機のE－2C《AWACS》を那覇に展開中であり、必要とあらば、配備されたばかりの空中早期警戒管制指揮機も呼べます。空軍は、もう少し戦術の研究が必要なようですね。それに、国産のミサイルも、もう少しソフィスティケイトしてから実戦投入された方が良いでしょう」

突然、砲撃音で船体が大きく震えた。何かの一斉砲撃だった。

「副官、何事か調べて来い！」

提督は、この小生意気な外交官を見据えたまま命じた。

「貴方がたには、しかし、生身の人間を攻撃するのは無理でしょう。世論は、必ずしも自衛隊の行動を支持しないと思いますな」

「さあ、それはどうかしら……」

今度は、船体が突然大きく左右に揺れた。

カップからコーヒーが、白いテーブル・クロスの上にこぼれ落ちる。

「またメタン・ハイドレートか？……。避難した方がいいかも知れませんな」

「いえ、その心配はありません」

士官公室の外で、何やらどよめきが起こった。

「報告します！」

副官が駆け込んでくる。

「と、突然、本艦の真横二〇メートルに軍艦が出現し、その排水効果で、船体が揺れております。例のシーデビルかと思われますが――」

「私を迎えに来たんでしょう」

早乙女は、涼しい顔で告げた。

「副官！　私は、さっきの砲撃音は何かと聞いたのだ！」

「は、はい！　中国海軍が、釣魚台周辺へ向けて一斉砲撃を行った模様です」

「被害は⁉」

「いえ。全て海上を狙った模様で――」

また砲撃音が起こった。提督の顔が、みるみる歪んで行く。

早乙女は、ここいらが潮時だろうと思った。全ては、外交部の宋長官の進言を受けてのことだった。

「では、提督。皆様。私はこれにて引き揚げさせて貰います。返答は、行動で結構です」

提督は、少なくとも、この脅しを本気だと受け取った。疑う理由は何もなかった。

午後二時、シーデビルは、北小島の南方三〇〇〇メートルに展開していた。

本国から飛来したS－70ヘリが、次々と魚釣島に飛来して、海兵隊員を釣り上げて行く。

だが、北小島の兵隊をピックアップしようというヘリはいなかった。何しろ、ここにはヘリが着陸するような空間は無い。

斗南無は、シーデビルのブリッジに佇み、双眼鏡で、その島の住民を見守っていた。住民と言うよりは、臨時の宿泊客と言った方が正確だったが。

「釣りは飽きたみたいですね。なんだかみんな不安そうな顔をしている」

「置いてきぼりを喰わされるんじゃないかと心配しているんだろう」

スキップ・シートに腰を下ろす片瀬が言った。

「しかし早乙女さん。たった一人で、あの台湾を丸め込むとはたいしたもんだ」

「砲艦外交を行ったなんて、霞ヶ関の連中は快くは思わないでしょうね」

早乙女が答える。まんざらでも無さそうな顔だった。

ようやく、ヘリが一機アプローチして来る。岩礁の上で、上からラダーを下ろしていた。

「さて、諸君。この海域もこれでしばらくは静かになるだろう。沖縄での休暇許可が出ている」

「すまんが、私は、護衛隊群へ乗り移らせてくれ。仕事が山ほど溜まっている」

近藤がお断りだという顔で言った。彼の年齢では、働きバチがよく似合う。

「私も、すみませんが、東京へ帰って事態を報告しないと」

早乙女が残念そうに言った。

「それなら心配ないわ。さっき、沢木審議官から電話があって、一週間の有給休暇を与えると言ってたわ」

副長が楽しそうに言った。

「副長はどうなさるんですか？　例の方との見合いは？」

亜希子が横から余計なことを言う。

「ああ、せっかく忘れていたのに亜希ちゃん……。あたしも休暇組に入れて貰います。当分一人でいたいわ……」

「お前さん、どうするんだい？」

片瀬が、斗南無に尋ねた。

「俺はいったんニューヨークに帰ります。沖縄じゃねぇ。そんな観光地で休暇を取るぐらいなら、俺はフロリダか地中海に飛びますよ」

「いやいや、本島なんかに行くつもりはないよ。目立つからな。人が少ない離島にする。それに、ここでまた何かが再燃しないとも限らない。われわれの休暇には、そういう意味も含められている」

「なるほど。じゃあ、お付き合いします」

「お二人さん。独身隊員の前でいちゃつかれても困るから、君たちだけどこかの無人島で放り出すとするよ」

斗南無は、渋い顔をした。

「まあしかし……、たまにはヴォランティアもいいでしょう」

「素直じゃない人ね」

副長が、羨ましそうな顔で、早乙女に語りかけた。早乙女のほっとした顔が、なんとも素敵だと亜希子は思った。

あとがき

本書は、一九九七年九月に、徳間書店から刊行された、UNICOONシリーズの「尖閣に幽霊船の謎を追え」を文庫化したものです。

1997年と言えば、ナホトカ号の沈没事故、鄧小平死去、ダイアナ妃事故死、クローン羊の誕生。世相では、聖子ちゃんの離婚や、後に冤罪事件となる東電OL殺人事件が起きた年です。

しかし何と言っても、この年のビッグイベントは、消費税が三パーセントから五パーセントへと上がったことでした。この時の増税が、日本経済にどういう影響を及ぼしたかは、今も諸説ある所ですが、世間的には、「橋本デフレ」と呼ばれる状況を招き、バブル破綻から立ち直り掛けていた日本経済は、止めを刺されていよいよ長いトンネルへと入って行く羽目になります。そしてそれは、出口の見えない日本型不況へと続いてしまいました。

せめてあの時、今日の少子化社会の現状を見据えて手を打っておけば、その頃生まれた子供たちは、もう十六、七歳です。われわれが失ったものは、経済だけではありません。人口すら、不況と共に失ってしまいました。

あの頃の自衛隊は、もっといろんな装備を買って貰えるつもりでいたのに、装備の更新はちっとも進みません。

本書を特徴付けているのは、あの当時、日本に満ちていた国連の常任理事国入りへの熱意です。そのために、日本は何でもやるつもりだった。

所がその後の展開は、推して知るべしで、未だに我が外務省は常任理事国入りを訴えていますが、その実現性が限りなくゼロに近いことは、誰より国民が知っている所です。

国際社会に於いて、国連はその重要性を増すどころか、今やほとんど空気と化し、その存在価値すら失おうとしています。一方、一人で国連軍の役割を担っていたアメリカも、長く続いた戦争の影響で、今は呆れるほどの内向き指向です。

そして、もう一つ、本書を特徴付けるものは、作中に登場するメタン・ハイドレートです。今でこそ、日本列島は、この層に覆われ、しかも、当時予想されていたより、かなり浅い海にも存在することが解って来ました。

一部には、すでに採掘技術は存在すると主張する関係者もいますが、私は全く信じていません。そこは所詮、山師の世界です（笑）。これを採掘するのであればまだしも、深海底に転がっているマンガン団塊を回収する方が遙かに効率的でしょう。

私たちの孫の時代には、それが採算ベースで回収できる日が来るかも知れませんが、恐らくその頃には、そんな深海底の資源に手を付けなくとも、安上がりに入手可能な他のエネルギーが普及しているはずです。ぜひ、そう期待したいものです。

二〇一四年、秋

本書は一九九七年八月、徳間ノベルズから刊行された『書下し長篇戦略シミュレーション・尖閣に幽霊船の謎を追え〈UNICOONシリーズ5〉』、を改題し、大幅に加筆・修正しました。

なお本作品はフィクションであり、実在の個人・団体などとは一切関係がありません。

文芸社文庫

尖閣海域　謎の幽霊船　UNICOON

二〇一四年十二月十五日　初版第一刷発行

著　者　大石英司
発行者　瓜谷綱延
発行所　株式会社　文芸社
〒一六〇-〇〇二二
東京都新宿区新宿一-一〇-一
電話　〇三-五三六九-三〇六〇（編集）
〇三-五三六九-二二九九（販売）

印刷所　図書印刷株式会社
装幀者　三村淳

ISBN978-4-286-16053-5